Ficha Catalográfica

(Preparada na Editora)

Lúcio, Antonio 1943-

L97e *O encontro dos oito* / Antonio Lúcio, Espírito Luciano Messias. Araras, SP, 1ª edição, IDE, 2011.

224 p.

ISBN 978-85-7341-532-2

1. Romance 2. Espiritismo 3. Psicografia. I. Título.

CDD -869-935
-133.9
-133.91

Índices para catálogo sistemático

1. Romance: Século 21: Literatura brasileira 869.935
2. Espiritismo 133.9
3. Psicografia: Espiritismo 133.91

O ENCONTRO DOS OITO

EMOCIONANTE HISTÓRIA NO ALÉM
ENVOLVENDO OITO SUICIDAS

1ª edição - maio/2011
6.000 exemplares

Internet:
http://www.ideeditora.com.br
e-mail: comentarios@ideeditora.com.br

Capa:
César França de Oliveira

INSTITUTO DE DIFUSÃO ESPÍRITA
Av. Otto Barreto, 1067 - Cx. Postal 110
CEP 13602-970 - Araras/SP - Brasil
Fone (19) 3543-2400
CNPJ 44.220.101/0001-43
Inscrição Estadual 182.010.405.118
www.ideeditora.com.br

IDE Editora é apenas um nome fantasia utilizado pelo INSTITUTO DE DIFUSÃO ESPÍRITA, entidade sem fins lucrativos, que promove extenso programa de assistência social, o qual detém os direitos autorais desta obra.

O ENCONTRO DOS OITO

ANTONIO LÚCIO

pelo Espírito LUCIANO MESSIAS

ROMANCE ESPÍRITA

ide editora

... devemos respeitar os suicidas como criaturas extremamente sofredoras que, muitas vezes, perderam o controle das próprias emoções, raiando para o desrespeito a si próprios.

(Depoimento de Francisco Cândido Xavier, do livro *Entrevistas,* Capítulo *Assuntos Humanos,* IDE Editora.)

Agradecimentos

De coração:
A Deus, pela bênção da vida;
A Allan Kardec, pela luz da Doutrina Espírita;
À família, pela harmonia do lar, pelo afeto da esposa e pelo amor dos filhos queridos;
Aos Mensageiros Celestes e, em particular, ao querido Luciano, pela valiosa ajuda sem a qual não poderíamos apresentar este humilde trabalho;
Aos pais queridos (in memoriam) por terem direcionado os meus passos ao caminho do bem;
E, agradecemos antecipadamente aos queridos leitores, aos quais solicitamos que nos ajudem a passar adiante a ideia da preservação da vida, do "não-aniquilamento".

Antonio Lúcio

Sumário

– Aproveitando a oportunidade de seu profundo conhecimento da matéria, nós perguntamos: Chico, os espíritos acham que os sofrimentos dos suicidas decorrem de um castigo de Deus?

– *Não. Não decorrem de um castigo de Deus, porque Deus é a Misericórdia Infinita, a Justiça Perfeita. Emmanuel sempre me explica e outros amigos espirituais, lecionando sobre o assunto também explicam, que, quando atentamos contra o nosso corpo, na Terra, ferimos as estruturas do nosso corpo espiritual. Inflingimos a nós mesmos essas punições.*

(Depoimento de Francisco Cândido Xavier, do livro *Entrevistas,* Capítulo *Assuntos Humanos,* IDE Editora.)

Apresentação

POR QUE EXISTE O SUICÍDIO?

Todo renascimento traz, em si, uma série de desafios, como se fossem testes avaliando o aproveitamento de cada espírito que se reencarna neste "mundo de expiações e de provas".

Ao ingressar num novo corpo, o espírito chega como um morador numa nova casa; ali, a sua permanência dependerá do cuidado que tiver com a sua moradia. Vendavais e tempestades, frio e calor sobrevirão sobre ela e, se não houver uma constante conservação, desabar-se-á.

O mesmo acontece conosco; a nossa casa é

o nosso corpo. Nós somos os seus moradores. Se não tivermos o devido cuidado com o nosso corpo, seremos desalojados antes do tempo. E, o suicídio, então, seria um ato nosso de rebeldia contra Deus, que nos concedeu essa moradia por empréstimo.

Imaginemos alguém que morasse às margens de um rio e, apavorado, ouvisse a notícia de que uma grande enchente iria inundar aquele local. Se esse alguém for extremamente hábil ou tiver uma fé ativa, daquela que se alia ao trabalho, acautelar-se-á e ficará prevenido; jamais irá usar um barco furado numa inglória tentativa de fuga!

Infelizmente, as criaturas que buscam no suicídio a resolução para os seus problemas, não sabem que tais problemas se multiplicarão com a covarde deserção do corpo físico, pois pode-se matar um corpo, porém a alma jamais.

A vida de um corpo cortada pelo suicídio seria como o desembarque de um trem numa estação diferente daquela planejada como destino final e, sabemos que, as consequências advindas por um desembarque errado são sempre imprevisíveis.

Somos espíritos em busca de aperfeiçoamento e iniciamos a viagem numa estação do passado há milhares de séculos; estamos viajando através do tempo a fim de encontrarmos a verdadeira felicidade na estação do futuro. Se nos mantivermos firmes até o final da viagem planejada, encontraremos braços amigos à nossa espera; se desembarcarmos antes do final da viagem, só Deus o sabe...

Salientamos que os nomes dos personagens, para não melindrar corações queridos, foram trocados, assim também como de locais e tudo o mais a eles relacionados, pois a intenção desta obra é demonstrar o grande erro de quem pensa que o suicídio resolve os angustiantes problemas da vida. Assim, qualquer semelhança homônima ou com fatos conhecidos são meras coincidências.

Querido leitor, agradecemos de coração pela leitura e solicitamos que nos ajude a passar adiante a ideia da preservação da vida. Vamos dizer não ao Suicídio!

ANTONIO LÚCIO

QUESTÃO 843

– O homem tem o livre-arbítrio dos seus atos?

– *Visto que ele tem a liberdade de pensar, tem a de agir. Sem livre-arbítrio o homem seria uma máquina.*

(*O Livro dos Espíritos,* Cap. X – Lei de Liberdade, IDE Editora)

Capítulo 1

O JOGADOR DE CARTAS

Ele ainda era jovem, mas aparentava ser mais velho, tudo por conta das noites em claro passadas em torno de uma mesa de jogo. Aparentava ter quarenta anos, quando na verdade só tinha alguns meses além dos vinte e oito.

Era filho de Bevenuto Cerqueira, já falecido, e de Maria Rosa Castelar Cerqueira que, ao enviuvar, assumiu os negócios, levando-os tão a sério que, tanto a mercearia quanto a chácara que descia até o rio, prosperavam como nunca.

AMOR DE ESTUDANTE

Quando o pai faleceu, vítima de derrame cerebral, Hamilton tinha uns dezoito anos, aproximados, e ainda estudava. Passou uns meses, abatido, cabisbaixo e de pouca prosa, porém, ao conhecer no colégio a bela e insinuante Noely, acabou por esquecer a morte do pai e começou a viver em função de sua bela musa.

Com a ausência do pai, depois da escola passou a colaborar com a mãe na mercearia, indo ao banco pagar as duplicatas em seus vencimentos, depositar certas quantias em dinheiro vivo e cheques, começando assim a se interessar por dinheiro e pelo comércio.

Assim, Hamilton passou a ser o braço direito da mãe, e ela, vendo que o filho levava jeito no comércio, passou a confiar mais e mais, dando-lhe boas noções sobre lucros, como sendo a diferença conseguida entre compra e venda.

No entanto, à tarde, após o fechamento do comércio, o moço se esquecia por completo da mercearia, para tão somente lembrar do rostinho bonito e dos lábios da bela Noely.

Ao terminar o ensino fundamental, Hamilton não quis mais estudar e dedicou-se ao comércio, ao lado da mãe. Noely, porém, diferentemente do namorado, resolveu fazer um curso de Direito, pois era de família abastada e tinha condições de pagar uma faculdade.

Ao chegar as dezoito horas, Hamilton saía da Mercearia Santa Inês e ia direto para a residência dos Alvarenga, esperava Noely se aprontar e a levava até a faculdade, e só depois ia para sua casa, para uma ducha refrescante e o jantar apetitoso que a mãe já tinha preparado.

Seguiu rigorosamente por três anos esse trajeto, até que, numa noite, ao aproximar-se um temporal, Hamilton resolveu ir buscar Noely... Chegando na faculdade bem na hora do término das aulas, parou seu carro bem em frente ao portão de saída e ficou esperando por ela.

Os alunos saíam apressados, mais parecia um estouro de boiada, pois o forte aguaceiro despejavase abundantemente até mesmo não permitindo que se tivesse uma boa visão... Hamilton olhava com muita atenção para não permitir que sua amada passasse sem ele ver.

Depois de paciente espera, o pobre moço viu Noely sair da faculdade, acompanhada; estava saindo abraçada com um jovem alto e forte, que mais parecia um guarda-roupa.

Enciumado e furioso, saiu de seu carro e foi ao encontro da namorada e de seu acompanhante...

Hamilton não conhecia o rapaz e pensou ser um estudante vindo da cidade vizinha, e não quis saber de boas maneiras e nem o porquê de tanta intimidade entre os dois.

No momento em que o estudante abria a porta do carro para que Noely entrasse, Hamilton segurou-a pelos braços e perguntou:

– O que significa isso?

O outro, sem dar tempo para que Noely se explicasse, veio com tudo para cima de Hamilton e os dois rolaram, como dois porcos, na enxurrada.

As pessoas que presenciavam a cena dantesca gritavam para que parassem de brigar, pois iriam chamar a polícia, mas mesmo assim, os dois continuavam soqueteando um ao outro numa fúria insana.

Em poucos minutos, ouviu-se a sirene de uma viatura da polícia e o grandalhão, sem cerimônia alguma, correu até seu carro e fugiu, deixando Hamilton quase desfalecido e todo ensanguentado no meio da rua.

Os policiais ergueram o briguento colocando-o em pé e Hamilton, enfurecido como um touro bravo, chutou a canela de um policial, vociferando como um doido e dizendo palavras ofensivas, o que caracterizou uma apreensão em flagrante. Os policiais "pularam miudinho" para conseguir colocá-lo na viatura e dali o levaram até ao pronto-socorro do hospital para curativos e exames complementares e, como não havia nenhuma fratura, dali o levaram para a delegacia. Examinando o Boletim de Ocorrência, o delegado de plantão ordenou que trancafiassem Hamilton até que novas providências fossem tomadas.

Foi um choque para Maria Rosa quando, do outro lado do fio, o escrivão de polícia disse que Hamilton estava preso e solicitava a sua presença.

A pobre mãe, desfeita em prantos, nem de perto atinava com o motivo da prisão, e nem o porquê de terem prendido o seu filho querido.

Momentos depois, perguntando ao Delegado de plantão se era necessária a presença de um advogado, obteve a seguinte resposta:

– Para soltá-lo, não é preciso, e nem tem como, pois foi preso por desrespeitar a autoridade; porém, sempre é bom estar amparado por um bom advogado, mesmo porque, o outro elemento fugiu e não sabemos em que condição está. Se pertencer a uma família poderosa e entrarem com um processo contra o seu filho... aí a coisa pode complicar para o lado dele.

– Posso ver e falar com meu filho, doutor?

– Desde que não demore muito, pode...

– Baltazar?

– Sim, doutor...

– Leve essa senhora até a cela do elemento que foi preso em frente à faculdade.

E aquela mãe, com o coração caindo aos pedaços, adentrou aquele corredor escuro e pôde ver de perto o sofrimento e a solidão estampados em tantos semblantes desfigurados pela tristeza.

No final do corredor, o carcereiro parou e disse:

– É aqui nesta cela, senhora, eis aí o vosso filho!

MÃE E FILHO

Nada, e nem ninguém no mundo pode avaliar com exatidão o que se passa no coração de uma mãe diante de um filho, sentindo vontade, mas impotente para ajudá-lo. Seria como um canoeiro que não aprendeu a nadar, e que deixa um de seus filhos ser engolido pelas águas de um rio, sem ter como salvá-lo.

E, respeitando Sua Sublimidade e a

Espiritualidade que Dela nos distancia, seria como a Santa Mãe de Jesus, aos pés da cruz, vendo seu Imaculado Filho expirar entre dois ladrões, sem poder retirá-lo do madeiro!

E Maria Rosa, com os olhos cobertos de lágrimas e com a voz entrecortada por tantos soluços, perguntou ao filho:

– Hamilton, meu filho, o que aconteceu para que o prendessem?

– Foi a Noely, mãe... Ela estava saindo agarrada com um moço da faculdade.

– Mas agarrada? Não podia ser um irmão, um primo ou um outro parente?

– Não, mamãe, aquele brutamontes me atacou como um cão raivoso assim que me dirigi a ela. Sendo agredido, agredi também... Logo depois vieram os policiais e me prenderam; o outro fugiu como o diabo foge da cruz.

– Nossa, meu filho, você está todo machucado! Tem certeza de que está bem?

– Sim, mamãe, apenas com um pouco

de dor no ombro esquerdo, mas garanto para a senhora que o outro também saiu bem esfolado.

O ACIDENTE DE JÚNIOR

Enquanto mãe e filho mantinham aquele triste diálogo, numa outra parte da cidade, uma equipe de resgate fazia de tudo para retirar um corpo preso dentre as ferragens de um carro.

O estudante que agrediu Hamilton, para não ser preso, saiu em alta velocidade em seu carro e, não notando o alagamento da rua logo à frente, acabou perdendo o controle do veículo, batendo violentamente num poste.

Era de se louvar o esforço e a habilidade daqueles homens, que, sabendo da importância do tempo naquelas circunstâncias, procuravam retirar o acidentado o mais breve possível do que sobrou do carro.

Finalmente, conseguiram liberar o ferido daquelas ferragens ensanguentadas, e dentro de poucos minutos José Juarez Pimenta Júnior, o Júnior, como era conhecido, estava sendo internado no Hospital Sagrado Coração de Jesus.

Tanto quanto o carro, a infeliz criatura estava em lamentáveis condições. Uma forte hemorragia, apesar dos torniquetes colocados onde tinha essa possibilidade; os esfíncteres foram rompidos e o pobre moço foi colocado na maca, deixando cair porções de sangue coagulado, misturado à urina e fezes.

Com a chegada do acidentado, todo o pessoal da enfermagem e área médica movimentou-se, e o corredor daquele hospital mais parecia uma pista de corridas. Afinal, era um gravíssimo acidente, e o rapaz era filho de um grande industrial da cidade.

Dentro de poucos minutos, os familiares de Júnior aumentaram ainda mais o alvoroço, a começar pela recepção do hospital...

A custo, o enfermeiro-chefe conseguiu acalmá-los, fazendo-os ver que todo o pessoal envolvido naquela cirurgia precisava de calma para que tudo transcorresse bem... No entanto, o pai de Júnior, não se conformando, dizia:

– Como pôde ter acontecido isso com meu filho? Ele sempre dirigiu tão bem...

– Acalme-se, Juarez, pelo amor de Deus, cuidado com a sua pressão!

– Como posso me acalmar, mulher, se o nosso querido filhinho está sendo operado e nós nem sabemos qual o motivo desse maldito acidente?

Já passavam alguns minutos da meia-noite, quando o Dr. Gicélio, médico plantonista da noite e conhecido da família, veio lhes dar a triste notícia.

Assim que o Dr. Gicélio entrou na sala de espera para dar a notícia, o pai do acidentado, de um salto, levantou-se e agarrou-o pelo jaleco, perguntando:

– Como está o meu filho, doutor?

Gicélio, sem saber o que fazer, dirigiu um significativo olhar ao enfermeiro-chefe, e José Otávio o socorreu, dizendo:

– Acalme-se, meu amigo, cuidado com o seu coração... Por favor, tome esse comprimido, sei que o senhor tem hipertensão.

Helena, que conhecia o problema de pressão arterial de Juarez, convenceu o marido a tomar o medicamento; assim, Juarez, resmungando e gesticulando, engoliu o comprimido.

Somente depois de conversar bastante, no intuito de ganhar tempo para que o medicamento fizesse efeito, que o Dr. Gicélio disse:

– Sinto muito, meu amigo, não foi possível salvar o Júnior... A ferragem do carro perfurou órgãos importantes e ele chegou aqui quase sem vida.

A mãe de Júnior desmaiou e foi socorrida pela enfermagem e o José Juarez Pimenta, saiu dizendo impropérios, ofendendo todo mundo e até blasfemando contra Deus.

Momentos depois, ao serem avisados na recepção sobre a morte do acidentado, apareceram na sala de espera do hospital um sargento e um policial. O sargento Ramirez era conhecido da família de Júnior e, no momento em que cumprimentava dando os pêsames à família, deixou escapar:

– Como é complicada a nossa vida; criamos nossos filhos com amor e carinho e, por uma briga de adolescentes, acontece uma tragédia...

– Mas de que briga o senhor está falando?

– Desculpe-me, mas o senhor ainda não sabe? O Júnior estava brigando com um rapaz em frente à faculdade e, quando a viatura da polícia chegou, seu filho pegou o carro e fugiu; só conseguimos prender o outro moço.

– Então o responsável pela morte do meu Júnior está preso? Eu vou até lá, quero conhecer esse facínora...

– Calma, senhor Juarez, essa não é a melhor hora para o senhor fazer isso, a sua esposa precisa da sua presença, mais do que nunca!

Com as palavras sensatas do sargento, Juarez lembrou-se de Helena e saiu como um doido, tentando descobrir o que estava acontecendo com ela... E assim, esqueceu, pelo menos naquela hora, do moço que estava preso.

O ADVOGADO

Quando Maria Rosa ficou sabendo que um moço, estudante de Direito, morreu no hospital após fugir de uma briga, já eram onze horas do dia seguinte.

Ela, que apenas tinha ligado de manhã para o Dr. Fonseca e não o encontrara, agora começou a se apavorar... Ligou novamente para o seu escritório e contou todo o ocorrido, inclusive dizendo que Hamilton estava preso.

O advogado prometeu que iria naquele exato momento tomar as providências necessárias, inclusive, um pedido de alvará de soltura, e iria levá-lo até a Delegacia para que Hamilton fosse posto em liberdade.

À tarde daquele mesmo dia, o filho de Maria Rosa foi para casa e não se conformava com o triste desfecho daquela briga. Para ele, a culpada de tudo era a infiel da Noely, que com toda certeza o estaria enganando há um bom tempo.

Os dias, para as duas famílias, estavam sendo infindáveis e tristes...

A de Maria Rosa, pelo medo do desforço do industrial e de Hamilton ser condenado, e a da família Pimenta, pela ausência do filho querido, pelo ódio e desejo de vingança.

Hamilton continuou por uns dias desempenhando suas funções na Mercearia Santa Inês, ajudando a sua querida mãe, porém, já não era mais o mesmo... Ficou um tanto taciturno, arredio, conversando somente quando alguém lhe perguntava alguma coisa. Mesmo assim, fazia de tudo para não encompridar a conversa.

Apesar de ter sido preso, de se sentir culpado

pela morte de uma pessoa, de se sentir ameaçado por um processo criminal, dentre todos esses problemas, o que mais o afligia era a ausência de Noely, que dois dias depois daquela tragédia foi para São Paulo morar com sua avó.

A PRISÃO

A família de Júnior, muito influente, conseguiu entrar com um falso e bem elaborado processo contra Hamilton e, dentro de algum tempo, o pobre foi jogado atrás das grades. Foi condenado a cinco anos de prisão... injustamente. Injustamente porque seria culpado pela provocação da briga que, na verdade, fora Júnior que a iniciara, mas nada tinha a ver com a alucinada fuga dele, que lhe provocou a morte.

Durante o período em que Maria Rosa teve o filho detido na prisão, as coisas mudaram muito. A Mercearia Santa Inês já não estava tão lucrativa como antes. O motivo maior do desarranjo do estabelecimento foi a prisão de Hamilton.

A pobre viúva e mãe do presidiário fazia o possível e o impossível para que tudo continuasse como antes... Porém, estava além de suas forças, continuar sorrindo para todos os fregueses e fazer de contas que não tinha acontecido nada.

A dura realidade era uma só; era mãe de um detento... do causador da morte de um estudante de direito e moço respeitável na cidade. Era o que constava nos autos, e que toda a cidade comentava e aceitava como verídico.

Tudo contribuía para que o seu comércio não fosse para frente; os fornecedores já não davam os mesmos prazos para pagamento de duplicatas, outros, só forneciam se fosse à vista... Assim, quando Hamilton foi posto em liberdade, a mercearia já não era nem a sombra da antiga Santa Inês.

A Chácara Arco-íris, a "menina dos olhos" de Bevenuto, por algumas vezes quase foi vendida; só foi mantida em memória ao falecido, que tinha uma verdadeira paixão por aquele pedaço de chão...

CINCO ANOS DEPOIS

Com a volta de Hamilton para casa, Maria Rosa, cheia de esperanças, pensou que tudo mudaria.

Quem sabe – pensava – com o filho ao seu lado, ela voltaria a sorrir e o ambiente tenso que tinha se estabelecido na Santa Inês se modificasse; porém, aconteceu o inverso. Uma boa percentagem da freguesia deixou de fazer suas compras ali, preferindo ir mais longe e não entrar num local onde quem atendia era um ex-presidiário.

Por outro lado, Hamilton tinha mudado muito... Ele, que sempre tratou com lhaneza a todos, agora falava secamente e já não mais sorria.

Dois meses depois que o filho estava novamente em sua companhia, a pobre mãe começou a perceber que estava sumindo dinheiro do caixa. Nunca tinha acontecido isso antes, pois os dois empregados eram de confiança.

Vigiar Hamilton o tempo todo era impossível

e, como não quis alarmar os empregados Estela e Aroldo, para não magoá-los, teve que aguardar a oportunidade certa para falar com o filho.

A angustiante via-crúcis daquela pobre mãe estava apenas em seu início. Depois da decepção que teve com Noely, o filho parecia ter se desinteressado por mulheres... No entanto, saía quase todas as noites e só voltava de madrugada.

Os negócios iam de mal a pior; no andar da carruagem, não levaria muito tempo e a Mercearia Santa Inês iria à falência.

Somente cinco meses depois que Hamilton obteve a liberdade, é que a pobre Maria Rosa ficou sabendo que seu filho andava perdendo muito dinheiro no jogo de cartas, pois frequentava uma casa clandestina de jogo noturno.

A descoberta foi o estopim para levar à falência a mercearia e, também, para levar aquela mãe à beira da loucura.

Ela, que nunca foi de se entregar diante dos desafios que a vida sempre lhe impusera, agora estava entregando os pontos. Superou bravamente e com muita fé o falecimento do marido, a prisão do filho, mas agora a coisa era diferente; via-se sem perspectivas de contornar a situação... No túnel da insolvência e do desespero, a infeliz não via nenhum raio de luz brilhar.

Tentou fazer empréstimos em bancos para quitar diversas dívidas, ou seja: fornecedores, previdência e impostos atrasados, mas todos os bancos consultados, diante da situação instável de seu comércio, negaram.

A sua única salvação seria vender a chácara; só que, quando se precisa com urgência de alguma coisa, parece que tudo conspira contra.

Acionando o Dr. Fonseca, este prometeu fazer de tudo para vender a Arco-íris o mais rápido possível, porém, propositadamente, demorou o quanto pôde e, quando Maria Rosa estava desesperadíssima, ele ofereceu um valor equivalente à metade do preço.

Existem coisas que nem mesmo Freud explica... Por que tantos acontecimentos na vida da gente, vêm sempre acompanhados por um cortejo de situações funestas?

Ah! Se não fosse a Lei das Vidas Sucessivas trazendo a resposta... Maria Rosa num pretérito bem afastado, foi alguém que nos salões palacianos usou em França do mesmo expediente usado pelo advogado, para se dar bem na vida.

Porém, o ensinamento evangélico diz claramente: ***"... pois aquilo que o homem semear, isso também ceifará".*** – Paulo (*Gálatas* Cap. 6:7)

O SUICÍDIO

Diante da situação em que se encontrava, a pobre comerciante nem pensou duas vezes. Vendeu a belíssima chácara por um preço irrisório, que apenas deu para cobrir suas dívidas e acabou ficando sem nada.

Hamilton, desde o dia em que a mãe chamou-lhe a atenção, desapareceu e deixou-a envolvida com os problemas decorrentes da falência; porém, ao saber que foi necessária a venda da Arco-íris para pagar todas as dívidas, fez questão de ir pelo menos mais uma vez visitá-la, antes que o novo dono tomasse posse.

Com os pensamentos a mil por hora e com um remorso abrasador entranhado na consciência, adquiriu uma garrafa de bebida e foi sentar-se no banco de mármore colocado por seu pai debaixo do abacateiro.

Sentado ali, sozinho, tristemente recordava as cenas vistas por seus olhinhos de garoto sapeca: quantas vezes ele presenciou ali, sentados naquele banco, seu pai e sua mãe se beijarem prometendo juras de um amor sem fim...

"Como a vida é tão ingrata" – pensava – porém, logo voltava atrás em seus pensamentos e corrigia: "Não, eu é que fui ingrato... Deixei minha mãe se endividar e ir à falência, só porque queria ganhar a vida no jogo".

E, a cada lembrança, a cada desabafo, sorvia

a bebida como um sedento perdido num deserto e que achasse o precioso líquido num oásis reconfortante.

Tomou todo o conteúdo e depois atirou a garrafa vazia com toda a força de encontro ao tronco do abacateiro, extravasando, assim, toda a sua fúria.

Blasfemou alucinadamente amaldiçoando o nome de Noely, que, para ele, foi a causadora da sua derrocada; a mulher que o atraiçoou e fez desvanecer todos os seus sonhos...

Em seguida, levantou-se resolutamente e dirigiu-se ao rio... Foi entrando sem pressa, passo a passo, em suas águas e deixou que suas correntes o engolissem para sempre... para nunca mais voltar!

O VALE DOS SUICIDAS

Nenhuma mente humana, por mais privilegiada que seja, nenhum virtuoso artista, nem mesmo Dante Alighieri, conseguiria descrever, muito menos pintar, as cenas de horror que as infelizes criaturas encontram quando deixam o mundo através do suicídio.

Mesmo assim, em nossa insipiência, tentaremos descrever o sinistro vale dos suicidas... Começamos a informar que o ambiente é denso, triste e saturado de formas-pensamento emitidas pelas mentes destrambelhadas, por gritos roucos e lancinantes das criaturas que se acovardaram diante das provações terrenas.

As trevas são compactas e constantes, a luz do amigo sol não atinge essas tristes paragens. O som que se ouve, são estridentes gritos que se misturam aos soluços abafados e gemidos de dor.

Se estivéssemos descrevendo um trato de chão aqui da Terra, diríamos que a vegetação é dessa ou daquela forma... No vale dos suicidas, a vegetação existente são arbustos com galhos retorcidos mais parecendo garras e, em sua maioria, repleta de pontiagudos espinhos.

O solo é em sua maioria úmido,

existindo, também, lugares onde os lamaçais predominam...

Para todo e qualquer suicida, a agonia e o sofrimento causados pelo ato impensado, se prolongam por anos e até dezenas deles, dependendo do estado mental de cada um; se, de arrependimento ou de revolta.

Hamilton, o suicida, foi manietado e conduzido em estado desesperador até o vale sinistro, por uma horda de terríveis malfeitores, antigos e vingativos comparsas de vidas anteriores.

Deixado à mercê da sorte pelos cruéis obsessores, Hamilton começou a vasculhar as redondezas do local em que fora atirado; seu primeiro impulso foi procurar uma saída pela qual pudesse evadir-se daquele local medonho. Queria fugir, não aguentaria muito tempo, pois sua respiração era opressa, difícil, como tentando encontrar ar respirável debaixo d'água.

Ao atentar contra a própria vida, o suicida incorpora ao seu psiquismo todo sofrimento, todo horror, advindos do tresloucado ato. Assim, o filho de Maria Rosa, perdido, desorientado e sofrido, perambulava de um lado para outro, sem atinar com o que lhe estava acontecendo.

Procurou situar-se, mas era impossível saber onde se encontrava, se era dia ou noite, se estava vivo ou morto. Lembrou-se dos angustiantes pensamentos acalentados durante alguns dias antes do infeliz desfecho nas águas do rio e, como um demente, dizia:

– Não é possível... Morri, ou não morri?

Se pudesse retroceder, voltar atrás no tempo, jamais pensaria em atentar contra a própria vida. Ao lado de sua mãe era tudo diferente; quantas vezes, ao queixar-se de uma simples dor de cabeça, lá vinha ela trazendo em uma mão um comprimido e, na outra, um copo d'água.

Ali, porém, era tudo diferente: O ar era irrespirável, um mau cheiro insuportável; ele, como jogador, sabia manipular as cartas do baralho, trapacear e podia aguentar muitas horas o mau cheiro provocado pela bebida e pelas fétidas baforadas dos fumantes. No entanto, agora, via-se obrigado a suportar o fedor daquele local lúgubre e não tinha como trapacear... Ali, infelizmente para ele, não havia como esconder uma carta sob as mangas!

O ser infeliz que tenta pôr termo à própria vida não sabe que ele, **"espírito imortal",** não será atingido por nenhum golpe fatal; o corpo perece, mas a vida continua!

Hamilton não estava entendendo o porquê de não ter conseguido consumar o seu intento;

ele queria desaparecer... simplesmente sumir, não mais existir sobre a face da Terra, não mais lembrar que um dia conheceu alguém como a pérfida Noely e, no entanto, continuava tão vivo como antes. E o pior de tudo, sofrendo o inominável!

Muitas vezes, ouvia sons ensurdecedores, como gritos que não sabia definir, se de loucura ou de dor. Se não bastasse o pandemônio, que auditivamente registrava, presenciava cenas horripilantes, jamais imaginadas por um ser humano.

Perambulava pelas redondezas, mas não mais com o propósito de encontrar uma saída para fugir; tinha perdido toda a esperança... Agora que já estava ali há algum tempo, sentia sede e, ao se lembrar da geladeira abastecida com carinho por sua mãe, começou a sentir fome.

CENA DANTESCA

Como é difícil alguém ficar sem uma ocupação digna e continuar pisando sobre o solo da Terra, ou vagando perdido nas densas trevas... ainda mais com a consciência cheia de culpas!

Andando pelos locais já conhecidos, presenciou a cena mais chocante que um ser humano pode imaginar... Essa cena fê-lo retroceder e passar algumas horas tremendo mais do que um gato com medo de água fria. Como alguém que se apavorasse ao assistir a uma peça de terror, viu um espírito no maior desespero, puxando para arrancar algo como se fosse um punhal do próprio peito, enquanto aos gritos, tentava estancar o sangue que jorrava como garapa na bica de um engenho.

Diante do que podia ver, não conseguia um momento sequer de sossego, tampouco conseguia dormir. Já não era mais agraciado pela bênção do sono, tanto o estado de tensão em que se encontrava, e, algumas vezes, quando conseguia cochilar um pouquinho, era acordado bruscamente pelo tropel de algum companheiro de infortúnio que passava gritando em desespero.

"Ah! Se eu não brigasse naquela noite no portão da faculdade" – pensava – "talvez tudo fosse diferente... Eu não seria condenado e preso por conta de um processo movido pelos malditos Pimenta, e poderia estar vivendo tranquilo ao lado de mamãe. Maldito Júnior, maldita Noely, maldito Juarez Pimenta e... maldito vício do baralho; sofro agora as consequências de uma justiça falha do mundo e de minha própria insanidade."

Já estava fazendo mais de sete anos que Hamilton se encontrava no vale sinistro. Amiúde, aquela malta de obsessores que o trouxera passava por ali e o atormentava ainda mais. Era o mesmo que ver um bando de sanguinolentos carcarás em círculo, infernizando a vida de um pequeno camundongo...

Nesses momentos, ensandecido, Hamilton

se atirava contra um, contra outro e só levava a pior; depois de atormentá-lo até não mais querer, a turba de malfeitores ia embora na maior galhofa.

AS TENTATIVAS DE AJUDA

Ninguém, por mais abjeto que seja, é esquecido pelo amor, pela bondade de Deus. Fácil é esquecermos do Bondoso Pai, porém, Ele jamais se esquece de um de seus filhos.

Com a ausência do filho, devido ao suicídio, Maria Rosa, mesmo lutando muito para sobreviver, começou a envolvê-lo com pensamentos de amor e com constantes orações. Orava a Deus, rogando perdão pela atitude do filho e pedindo a Mãe Santíssima que o cobrisse com o seu "manto de amor e bondade".

Bevenuto, que através de esforços contínuos e constante dedicação ao bem, vivendo em Estâncias Espirituais Iluminadas, começou a interceder em favor do pobre filho e, assim, Hamilton Castelar Cerqueira começou receber constantemente as visitas do pai e, mesmo sem pressentir sua presença, foi melhorando o seu estado mental.

Agora já conseguia lembrar-se dos acontecimentos de sua vida terrena sem se exasperar. Lembrava-se de Júnior, de Noely, de toda a família Pimenta, sem amaldiçoá-los. Já conseguia sentir-se arrependido pelo ato impensado e endereçar alguns pensamentos em forma de preces ao Criador.

Isso fez com que passasse a procurar as infelizes criaturas, suas companheiras de sina, para uma conversa amistosa.

Nas tentativas de aproximação, nem sempre conseguia o seu intento, mas ele não desistia e ia à procura de outros para conversar.

Assim, conversando com muitos espíritos

de diferentes idades, pôde ficar sabendo que se originavam de diversas regiões do país, e que boa parte buscara o suicídio devido a problemas familiares e infidelidade no casamento.

Foi o caso de Evandro, que tomou um copo de soda cáustica ao saber que a esposa tinha um amante, o que o levou a passar os seus últimos dias no hospital. Morreu soltando golfadas de sangue pela boca...

Também existiam os que não conseguiram contornar os problemas de insolvência em seus negócios, os que buscaram o suicídio após o noivado desfeito, os que cometeram desatinos e, envergonhados, resolveram fugir do mundo.

DEIXANDO O VALE

Depois de muitos anos de amarguras e terríveis sofrimentos, chegou o dia em que Hamilton e mais sete companheiros de infortúnio tiveram a oportunidade de sair daquele lugar horripilante.

Boquiabertos, puderam ver a aproximação de um veículo de forma semelhante a um micro-ônibus, que se mantinha suspenso no ar próximo dos dois metros de altura, e dele desembarcaram oito espíritos em seus uniformes de cor branca.

Usando um aparelho, tipo megafone, convocaram o comparecimento de oito seres, chamando-os pelos nomes:

– Hamilton Castelar Cerqueira, Evandro Francisco Dantas, Irineu Vilani, Hélcio Tavares, Elídio Madureira, Osvandir Sotério, Márcio Donizete Veiga, Luiz Antonio Sanches...

À medida que os nomes iam sendo pronunciados, esses espíritos se aproximavam e carinhosamente eram recolhidos, subindo de dois em dois num pequeno elevador, e eram acomodados dentro do estranho veículo.

Da mesma maneira silenciosa que chegou, o pequeno e estranho veículo desapareceu no espaço em busca de novos ares e de novas esperanças.

Em pouco tempo, o velocíssimo veículo pousou em um grande pátio, onde enfermeiros preparados já estavam a postos para conduzi-los ao grande edifício onde, num enorme letreiro, lia-se: Hospital Maria de Nazaré.

A INTERNAÇÃO

Diferentemente do que acontece em alguns hospitais terrenos, aquelas infelizes criaturas foram atendidas com carinho e só depois foram procuradas por Joel, um jovem simpático, que anotou os nomes e a procedência de cada doente para que fosse providenciado um crachá de identificação.

Qualquer ser humano, com um pouco de sensibilidade, emocionar-se-ia ao observar a felicidade estampada no semblante daquelas infelizes criaturas, quando entraram em contato com o banho de água quente; era evidente no rosto de cada um o contentamento pela felicidade daquela hora, mesmo porque, no vale dos suicidas, só entraram em contato com lama cheirando a coisas pútridas.

Logo na chegada, receberam um caldo quente e água à vontade, e comportavam-se como o viandante perdido num grande deserto; não sabiam se riam ou se choravam de alegria.

Depois de receberem os cuidados necessários, apareceu um velhinho simpático que acionou, através de um aparelho, suave e belíssima música e, sorridente, falou:

– Sejam bem-vindos ao Hospital Maria de Nazaré; sou Felix, um amigo de todos vocês. Colocamos essa linda música de Mozart para que sirva a todos de relaxamento espiritual. Procurem dormir, mas não se esqueçam de agradecer pela bênção dessa hora à Mãe Santíssima. Numa outra ocasião falaremos com mais vagar...

A CONVERSA COM O DIRETOR

No dia seguinte, os recém-chegados receberam a visita do Dr. Marco Silvestrini, que dirigia há mais de cinquenta anos aquela instituição. O Dr. Silvestrini, como era carinhosamente chamado pelos pacientes, entrou e saudou a todos sorrindo, demonstrando que era mais um amigo do que médico.

Conversou com todos, indo de um leito ao outro, e deu esperanças de melhoras crescentes com o transcorrer do longo tratamento e, com o intuito de orientar e não proibir, declarou:

– Em qualquer tratamento, aqui ou na Terra, seja de uma ou de outra enfermidade, a base do sucesso está na aceitação desse tratamento por parte do doente. Ninguém conseguirá a cura completa se fizer o tratamento pela metade, ou se submeter de má vontade ao que foi prescrito. Vocês passaram por momentos difíceis e cada um conheceu o amargor de estagiar num local como o vale das almas torturadas. Lá, era tudo difícil, não existindo nem a possibilidade do sossego necessário para uma boa reflexão ou uma prece. Aqui, cada um terá tais possibilidades... Aproveitem, portanto, essa Divina Bênção e não desanimem; esse irmão de vocês estará sempre pronto a ajudá-los em nome de Deus e da querida Mãe de Jesus!

Após o primeiro contato com o diretor daquele hospital, Hamilton e seus companheiros ficaram felizes e esperançosos de se livrarem dos incômodos achaques que os vinculavam ao ato nefasto do suicídio.

Todo e qualquer suicida carrega consigo por tempo indeterminado, gestos ou tiques, que demonstra claramente qual o tipo de morte que teve ao suicidar-se: o enforcado geralmente leva as mãos ao pescoço na tentativa de retirar a corda imaginária que o sufoca, o que apertou o gatilho de uma arma para estourar o crânio, usa as duas mãos em forma de concha sobre os ouvidos, na tentativa de não ouvir o estampido do disparo, o que se atirou n'água e teve afogamento, acostuma-se a puxar o fôlego prolongadamente como se não houvesse ar suficiente no local em que se encontra, etc, etc.

As palavras esclarecedoras de Silvestrini serviram para alertá-los de que teriam um longo caminho a percorrer rumo ao equilíbrio consciencial; pois é sabido que o bem-estar que cada ser sente em seu íntimo está diretamente ligado ao que se cultiva na mente e aos sentimentos que se alojam no coração...

Logo pela manhã do segundo dia, foram atendidos pelo Dr.Raphael Minardi e Leonardo, seu assistente. Foi examinada, em cada paciente, a região afetada pelo instrumento que exterminou suas vidas, e foi prescrito o tratamento espiritual através da fluidoterapia.

Estavam comentando os tropeços que tiveram na vida, quando dois senhores sorridentes e muito simpáticos entraram naquele quarto e, após os cumprimentos, um deles convidou:

— Vamos, meus amigos, é preciso recuperar todo o tempo perdido. O Senhor da Vida espera há séculos a nossa adesão ao trabalho, a nossa aceitação em darmos o melhor de nós para melhorar a ambiência do local, onde, por força das circunstâncias, mantemos a nossa presença.

PALESTRA EDIFICANTE

Os prestimosos colaboradores do hospital eram os assistentes Jonas Duprat e Ciro Menegucci que, após a constatação de que cada um conseguia caminhar sozinho, os levaram a um enorme salão, onde dentro de instantes haveria uma palestra versando sobre o tema "Valorizando a Vida".

O vasto salão estava repleto e a assistência, por alto, chegaria a cinco centenas de expectadores, entre assistidos e servidores. A ansiedade era geral e estava estampada em cada semblante, pois o palestrante era dono de grandes conhecimentos, levando os assistentes a reflexionar e, muitas vezes, às lágrimas.

Quando o bonito relógio soou nove badaladas, adentrou no salão o Dr. Silvestrini, acompanhando o palestrante; a plateia, que até então, embora silenciosa, mas que deixava escapar um leve burburinho, agora nem respirava.

O diretor do Hospital Maria de Nazaré,

postando-se frente a um sofisticado aparelho de som, disse:

– Irmãos queridos, estamos felizes e honrados em trazer mais uma vez a essa casa o nosso querido Helvécio Fontanelli, com sua lógica irrefutável e com seu extremado amor à causa do bem. Que a querida protetora desse hospital, nossa Amável Maria de Nazaré, possa nos abrir as mentes para que nenhum ensinamento se perca, e que dê ao palestrante dessa manhã as suas bênçãos. Com vocês, o nosso querido irmão Helvécio...

Silêncio total... Respirações contidas, plateia atenta...

"Queridos irmãos em Jesus, que o bondoso Doador da Vida nos abençoe hoje e sempre. Estamos, na atualidade, nas condições do bebê de colo que anseia engatinhar... Ao peixinho de um regato que sonha conhecer o oceano.

Todavia, a natureza não se deixa atropelar e nem dá saltos; tudo tem uma sequência lógica e natural. O rio se forma a partir de uma pequena fonte e, em seu trajeto, vai se avolumando à medida que aceita a junção de outras águas; se aquele sonhador peixinho se acomodar no regato minúsculo em que nasceu, jamais irá atingir o oceano.

Assim também acontece conosco. Qualquer tentativa ascensional exige esforços constantes e muita persistência. Estou dizendo ***tentativa,*** porque na realidade, muitos de nós, em nossa trajetória terrena, nada mais fizemos do que tentar.

É necessário e urgente que cada criatura se conscientize da necessidade do esforço diário para se atingir um patamar aceitável, pois a vida assim o exige; abaixo desse nível, as possibilidades de crescimento espiritual são sofríveis ou quase nulas. Ninguém será feliz se não construir a sua própria felicidade.

Ontem, como homens primitivos, habitávamos cavernas; hoje, o homem moderno constrói suas moradas de tal forma, que parece querer buscar o céu. ***Somente na construção***, porque na realidade, o homem tem seus pés chumbados ao solo, vivendo encaramujado em seu milenar orgulho, crente que tudo sabe, que tudo pode; vive sob os tentáculos de um egoísmo destruidor que solapa a base de suas melhores realizações.

Além de tudo, o homem, desenvolvendo a sua capacidade intelectual, cria e aperfeiçoa cada vez mais, aparelhos sofisticadíssimos capazes de levar imagens e sons instantâneos de um ponto a outro do planeta, e que quase sempre veiculam somente más notícias e imagens que demonstram a derrocada de uma sociedade sem Deus. Os homens vivem se roçando uns nos outros e, na maioria das vezes, desconhecem a mais elementar necessidade humana: o amor.

Não se pode querer alçar-se às alturas sem ter aprendido ainda a arte do equilíbrio sobre a poeira do mundo... Lembremos das palavras do Meigo Rabi da Galileia: **Ninguém irá ao Pai a não ser por mim.** Jesus – (*João,* Cap. 14 v. 6).

O que nos é mais premente, o que toca a cada um de nós mais de perto, é termos a certeza da necessidade de refazermos as nossas caminhadas... Uma vez que, por um ato impensado, a interrompemos.

Todos nós, agora, fechemos bem os nossos olhos e elevemos os pensamentos a Deus. O que estamos sentindo?

Oh, sim! Algo que não sabemos definir. Uma sensação de bem-estar que até há pouco tempo não tínhamos condições de sentir; isso porque, não estávamos sintonizados com ***os valores mais altos da vida.*** **(*)**

Hoje, irmanados no mesmo ideal, buscando o mesmo Deus, deixamos nossos corações baterem uníssonos; podemos, com isso, entender a ânsia dos bebezinhos em querer sair do colo materno para vasculhar as dependências da casa. Igualmente, conseguimos entender o sonho do peixinho em querer conhecer o que é um rio, o que é um oceano.

(*) No momento em que a entidade espiritual solicitou que elevassem os pensamentos ao Pai, pétalas e mais pétalas de rosas brancas, enviadas por esferas espirituais mais elevadas, desciam atravessando a cobertura do grande salão resvalando nos circunstantes. À medida que tocava em cada um transformava-se em fluidos, beneficiando a todos.

No entanto, temos que estar atentos: Qualquer sonho será apenas um sonho, enquanto não houver um esforço constante para torná-lo realidade.

Que a Santíssima Mãe de Jesus nos abençoe e possa interceder a Deus por todos nós. Muito obrigado pela atenção que dispensaram às nossas humildes palavras e aceitem o meu fraternal abraço. Fiquem com Deus."

Vinde a mim, todos vós que sofreis e que estais sobrecarregados e eu vos aliviarei. Tomai meu jugo sobre vós, e aprendei de mim que sou brando e humilde de coração, e encontrareis o repouso de vossas almas; porque meu jugo é suave e meu fardo é leve. (*São Mateus,* cap. XI, v. 28, 29 e 30).

(*O Evangelho Segundo o Espiritismo,* Cap. VI – O Cristo Consolador, IDE Editora.)

Capítulo 2

O BOTÂNICO

Quando retornaram para o quarto, depois da palestra de Helvécio, os oito companheiros tinham a convicção de que uma nova vida estava começando para eles. As palavras de Helvécio ainda ressoavam em suas mentes e, mais do que nunca, estavam cientes de que a felicidade de cada um dependia deles mesmos.

Hamilton, com o coração apertado pela saudade de sua mãezinha, lembrou-se da frase ouvida na palestra sobre "a necessidade de refazer a caminhada..." e começou a chorar...

Compungidos, os companheiros, para acalmá-lo, tentaram levá-lo a recordar a palestra da manhã. A analogia feita por Helvécio sobre o peixinho que queria conhecer o mar foi lembrada; todavia, Hamilton, sem se importar com a afirmação de que "homem não chora" extravasou todas as lágrimas represadas durante anos.

Somente depois de verter copiosas lágrimas, acalmou-se e, para desabafar, contou aos amigos a sua triste história. (Apresentada no capítulo anterior)

Ao contar a sua desdita e se expor diante dos companheiros de forma clara e objetiva, deu ensejo para que os demais também quisessem contar as suas...

Hélcio Tavares, adiantando-se, começou:

– Vou lhes contar o que aconteceu comigo para que cada um de vocês possa avaliar o sofrimento de um réprobo.

E então, Hélcio, compassadamente, foi narrando os acontecimentos de sua última existência, parando de vez em quando para enxugar algumas lágrimas que teimosamente desciam em seu triste rosto:

Nasci num pequeno povoado na região centro-oeste, bem longe da civilização; a cidade mais próxima tinha aproximadamente uns cem quilômetros de distância daquele fim de mundo.

Fui o segundo filho do casamento de Raimundo Tavares e Maria Celeste Tavares; a mais velha, pois era uma menina e se chamava Neide.

Meu pai, homem trabalhador e ambicioso, tanto fez que conseguiu comprar um bom pedaço de chão, onde começou a cultivar bananas.

Depois do meu nascimento, ainda vieram ao mundo, através deles, Ernesto, Celso, Marcelo, Judite e Jonas.

O cultivo de bananas tornou-se uma boa fonte de rendas, e também, de mão-de-obra, pois todo filho que podia carregar um cacho de bananas, não ficava em casa brincando. Houve tempos em que, referindo-se a nossa família, diziam: Raimundo e suas incansáveis formiguinhas; e, na verdade, éramos como formiguinhas em seus carreiros.

Vivíamos felizes e muito unidos, pois aprendemos com nossos pais que o amor no coração vale mais do que dinheiro no bolso.

Papai, apesar de ser semianalfabeto, fazia de tudo para que seus filhos aprendessem pelo menos um pouco. Eu era o mais esforçado; queria estudar, aprender mais para um dia poder sair daquela vida. Carregar bananas o dia todo não era comigo.

O PROFESSOR SAMPAIO

Quando eu estava com os meus quatorze anos, apareceu lá em casa um senhor de cabelos brancos e que dizia ser professor de botânica. Enquanto ele deliciava-se com a penca de bananas que lhe ofertamos, ouvia as minhas lamúrias sobre a falta de escola naquela região.

Fiquei boquiaberto quando o professor

Sampaio, esse era o seu nome, me convidou a ir com ele para a cidade, pois ele me ajudaria nos estudos. Hoje em dia, nenhum pai, em sã consciência, deixaria um filho, ainda mais "de menor", acompanhar um estranho.

Creio que, quando as coisas têm que ser de um jeito, tudo se torna favorável. Meu pai, que sabia das minhas pretensões de estudar um dia, acabou deixando que eu acompanhasse o professor.

Fui para a cidade morar com um tio por parte de mãe e, com a ajuda de Sampaio, iniciei os meus estudos. Estudava de manhã e, em muitas tardes, acompanhava o professor em suas pesquisas.

Depois de muitos anos, através de esforços e sacrifícios, terminei o curso de botânica e, então, em tempo integral, dedicava-me somente ao trabalho.

Nessa época, o professor Sampaio, um tanto adoentado, já não saía pelas matas em suas pesquisas, e como trabalhávamos para um Instituto de Pesquisas do Governo, passei a ir sozinho.

Enquanto isso, meus pais e meus irmãos continuavam em suas terras, no cultivo de bananas... Neide se casara com o filho do comerciante que comprava toda a nossa produção, e o Celsinho já estava noivo e se casaria em breve.

Eu tinha adoração por uma moça que conheci na faculdade... Ah! Como era linda a Morgana. Só que ela gostava de Fabrício, um nosso colega e, assim, desiludido, tornei-me um solitário.

A TRAGÉDIA

O meu trabalho, diferentemente de muitos, principalmente dos exercidos em escritórios, era cansativo; ter que andar a pé pelo meio das matas e serrados não era nada fácil, todavia, eu já estava acostumado.

Saía da casa do titio, pois continuava ainda morando com ele, lá pelas oito da manhã e já levava a matula prontinha. Na hora do almoço era só esquentar e comer.

Apesar de ser cansativo, era-me gratificante poder trabalhar coletando folhas, cascas e raízes das árvores ouvindo o cantar dos pássaros, e poder ver esse ou aquele animalzinho fugindo espavorido com a minha presença; nos dias ensolarados, poder lavar o rosto e me refrescar nos córregos de águas tão claras que deslizavam serenas, como bênçãos de Deus.

Tudo ia indo às mil maravilhas, até que um dia, ao preparar o pequeno fogareiro para esquentar o almoço, encontrei dificuldades, por estar ventando. A muito custo consegui acender aquela geringonça e coloquei a marmita para esquentar; enquanto deixei o almoço esquentando, desci até o pequeno riacho para apanhar água, pois a que eu levara de casa, derramou-se com a minha afobação em acender o fogareiro.

Quando eu estava voltando, vi muita fumaça saindo da mesma direção em que deixei a minha tralha; corri feito um doido varrido e, com galhos folhosos que cortei de alguns arbustos, tentei apagar as chamas, que se propagavam rapidamente devido ao vento. Porém, era inútil, o incêndio se alastrava assustadoramente!

Não sabia o que fazer... Por perto não existia nenhuma habitação onde pedir ajuda.

De início, pensei em escapar o mais depressa possível daquela mata. Contudo, acovardar-me diante de um acontecimento que era de minha responsabilidade, não era de meu feitio. Tentei então verificar se o riacho corria apenas daquele lado do pequeno morro onde eu estava trabalhando ou se existia também água do outro lado e, depressa, pois o vento soprava de baixo para cima, me encurralando.

Enquanto estava nessas conjecturas, indo de um lado para outro como uma barata tonta para fugir das labaredas, verifiquei que estava cercado; o vento soprava para o lado em que eu estava indo, isso é, morro acima.

Desesperado, sem saber o que fazer, pois não queria morrer carbonizado, tardiamente tentei fugir, mas não tinha como... Naquele momento, em minha mente apareciam imagens como flash, mostrando fogueiras consumindo corpos de pessoas apavoradas.

Desorientado, com os olhos ardendo e enxergando pouco, devido à fumaça, cometi a maior loucura que um ser humano pode cometer. Tirei uma faca que trazia na cintura e cravei-a de encontro ao peito; procurei tirar a minha própria vida, antes que o fogo o fizesse.

Triste sorte a minha, meus amigos... Sofrendo horrores, pela brecha que a lâmina da faca me abriu no peito, ainda sobrevivi o suficiente para sentir meu corpo ser devorado pelas chamas.

Imaginem vocês, o que senti logo após, ao ver-me num local estranho, totalmente desconhecido, com vegetação tão esquisita, mirrada, totalmente envolta em constantes trevas e sentindo cheiro de carne queimada...

Só mesmo quem sentiu os horrores de se ver fritado vivo, pode saber o quão triste é!

Nesse momento, a narração de Tavares foi interrompida, pois Silvestrini, que estava entrando, pôde ouvir o finalzinho do relato de Hélcio.

Demonstrando a maior boa vontade e compreensão, o diretor daquele hospital esclareceu:

– Fique tranquilo, meu filho; alguns acontecimentos da vida fazem parte da bagagem que trazemos do passado. Outros são acrescentados, graças a nossa inexperiência e falta de fé em Deus.

– Desculpe-me, bondoso irmão, mas o senhor está dizendo que o acontecido comigo, tinha que acontecer?

– Vamos por partes, Hélcio... No tempo da Inquisição, alguém, investido em cargo de importância na Igreja, mandou muita gente boa para a fogueira; a vida do botânico deveria ser extinta através do fogo. Prova escolhida por você mesmo antes de renascer, para resgate de tantos débitos perante a Justiça Divina.

– Quer dizer que eu consegui pagar?

– Digamos assim para melhor compreensão: Você veio ao grande "armazém do mundo", pagou uma dívida e contraiu outra, o suicídio. Todo suicídio é sempre um ato de rebeldia contra as Leis de Deus!

Aquele bondoso e iluminado espírito, após colher a impressão de cada um sobre a palestra de Helvécio Fontanelli, desejou paz a todos e foi cuidar de outros afazeres, deixando-os absortos em seus pensamentos.

CONTINUANDO O TRATAMENTO

Os tratamentos para a harmonização das condições mentais de qualquer suicida são demorados e feitos com muito amor, com dedicação... Existem, no Mundo Espiritual, seres dedicados que, à maneira dos especialistas da Terra, estudam, se preparam para dar o melhor de si em favor dos necessitados.

O Hospital Maria de Nazaré, sob a supervisão do Dr. Marco Silvestrini e sob a proteção da Mãe Santíssima, contava com uma equipe de técnicos capacitados em aplicar a fluidoterapia no alívio dos padecimentos de que eram portadores, e até mesmo a hipnose, para capacitar o paciente ao entendimento do porquê de terem encontrado tantos tropeços em seus caminhos, e que, por não terem sido enfrentados com coragem e dignidade, os arrastaram ao suicídio.

Jonas Duprat e Ciro Menegucci eram dois dos que se empenhavam com amor no tratamento dos recém-vindos do vale dos suicidas. Não apenas no tratamento em si, mas também, procurando orientá-los transmitindo-lhes, em todas as oportunidades, palavras de conforto, de coragem e de fé em Deus.

Não podemos nos esquecer que todos os suicidas, por terem interrompido o curso normal da vida, em suas futuras existências terão que arrastar problemas como atrofias, enfermidades complexas e, até mesmo, a idiotia, se a infeliz criatura tenha atingido com um projétil, partes sensíveis do cérebro.

A vida não aplaude os melodramáticos e nem castiga a fragilidade dos indecisos; eles colhem de acordo com o que semeiam. Todavia, sempre felicitará com novas oportunidades de crescimento aos que fazem do amor um dever.

QUESTÃO 946

– Que pensar do suicídio que tem por objetivo escapar às misérias e às decepções deste mundo?

– Pobres Espíritos que não têm a coragem de suportar as misérias da existência! Deus ajuda àqueles que sofrem, e não àqueles que não têm nem força nem coragem. As tribulações da vida são provas ou expiações; felizes aqueles que as suportam sem murmurar, porque serão recompensados! Infelizes, ao contrário, os que esperam sua salvação do que, em sua impiedade, chamam de acaso ou fortuna! O acaso ou a fortuna, para me servir de sua linguagem, podem, com efeito, lhes favorecer um instante, mas é para os fazer sentir mais tarde e mais cruelmente o vazio dessas palavras.

(*O Livro dos Espíritos,* Cap. I – Penas e gozos terrestres, IDE Editora.)

Capítulo 3

INFIDELIDADE CONJUGAL

O GRANDE HOSPITAL ERA composto por oito alas que foram construídas partindo da administração, sendo quatro de cada lado, paralelas entre si e capacitadas para comportar quatrocentos pacientes em tratamento, todos recolhidos do vale das incontidas lágrimas.

Dificilmente se via um daqueles corredores sem alguém andando, pronto para atender, se preciso fosse.

No entanto, começando de manhãzinha, era

como o trânsito numa hora de pico nas grandes cidades; eram enfermeiros, técnicos, serviçais, pacientes e Espíritos Abnegados, sempre prontos a prestar auxílio em nome de Deus. A partir desse horário, todos os doentes se submetiam aos seus tratamentos e, por isso, os corredores se assemelhavam a uma grande colmeia em atividade.

Após voltarem aos seus respectivos quartos, quando não existiam palestras, podiam conversar livremente e falar de suas impressões sobre o tratamento a que se submetiam e, até, contar aos companheiros sobre a derrocada moral que os atirou no vale dos horrores.

Enquanto comentavam sobre as lembranças amargas revividas através da hipnose, alguém perguntou a Evandro qual foi o motivo que o levou a buscar no suicídio a suposta saída de seus problemas e sofrimentos.

O pobre espírito, vendo-se alvo dos olhares dos companheiros, estremeceu, ficou silencioso como que recordando e depois falou:

– Vou procurar contar a vocês tudo o que conseguir lembrar da minha última experiência terrena. Minhas alegrias, felicidades e a desdita por ser um apaixonado pela infiel Zélia, minha esposa e mãe de meus dois filhos, Valdir e Valmir.

RELEMBRANDO A INFÂNCIA

Nasci numa cidade do interior paulista, filho de pais amorosos que, desde pequeno, me ensinaram o caminho do bem, como sendo um tesouro precioso que jamais deve ser descurado.

Papai, desde cedo, fez questão de ensinar que o trabalho era a fonte de muitos benefícios, pois além de angariar recursos, fazia com que se evitasse o cometimento de erros. Coitado do papai, viveu tão pouco entre nós...

Ele era mineiro, aquele de boa conversa, de amizade fácil. Todos que o conheciam gostavam de conversar com o Durvalino Dantas e ouvir os seus "causos".

Mamãe já era de falar pouco, mas com o falecimento de papai, quando eu contava dez anos de idade, dona Tereza de Jesus teve que se desembaraçar, pois precisou trabalhar para manter a casa e criar os seus três filhos. Eu era o mais velho, depois tinha o Marcelo de sete e a caçula, Eliana, com apenas cinco anos.

Assim que papai faleceu, mamãe conversou com o Sr. Aristides, que entregava leite com uma carroça de casa em casa e, assim, passei a trabalhar com ele para ajudar nas despesas.

Eu adorava ser entregador de leite; me sentia útil em poder ajudar mamãe com o pouco que ganhava, pois além do combinado mensalmente, sempre sobrava um ou dois litros de leite que o Aristides leiteiro deixava eu levar para casa.

Eu só não gostava do tempo do frio; morávamos numa cidade à beira de um rio e, no inverno, o frio que fazia era de bater o queixo e de deixar as mãos congeladas e duras; quantas vezes eu derrubei o leite devido o encarangamento das mãos.

Mamãe conseguiu, com a ajuda do padrinho de Eliana, arranjar um emprego numa fábrica de tecidos e, assim, pôde ver os filhinhos crescerem, com as graças de Deus.

O tempo passou e crescemos depressa; depois de oito anos da morte de papai, dona Teresinha, trabalhando no dia a dia ao lado de um colega também viúvo, aceitou casar-se novamente. Para nós foi muito bom, pois o nosso padrasto era uma pessoa bondosa e nos tratava bem.

Eu já nos meus dezoito anos, trabalhava como mecânico de automóveis na oficina de um primo de mamãe, e até que ganhava razoavelmente bem.

E assim íamos vivendo... Eliana e Marcelo estudavam na parte da manhã e, depois que voltavam da escola, Eliana cuidava da casa e Marcelo ia trabalhar como balconista num bar, numa das praças da cidade.

Foi numa festa em louvor a São José, padroeiro da cidade, que fiquei conhecendo Zélia e por ela me apaixonei. Ah! como era linda; até hoje eu sinto o doce e suave perfume que usava, a me envolver.

Foi amor à primeira vista, uma forte atração, bem mais forte do que nós, que acabamos ficando noivos e nos casando dentro de um ano.

O CASAMENTO

No finalzinho de maio, num sábado, consegui realizar um dos sonhos que acalentei desde minha infância. Na mesma igreja em que a conheci, me casei com Zélia, recebendo as bênçãos do padre Hipólito. Ao dizer o sim, tinha a certeza de que seria feliz até o final de meus dias.

Um ano e meio depois, nasceu Valdir; naquele dia, vivi um dos momentos mais sublimes que um ser sobre a Terra pode usufruir. Poder apertar, de encontro ao peito, um entezinho esperado com tanto amor.

Para nós, a vinda daquela criança significava

atingir o clímax da felicidade sobre a Terra. Vivíamos tão bem em nossa casinha, que conseguimos com um ano de casados mobiliá-la a nosso gosto e constatar que éramos até invejados por quem privava de nossa intimidade.

Dois anos depois nasceu Valmir e, então, o nosso primogênito já corria pela casa toda, falando mais que um papagaio. Era bonito vê-lo tentar pronunciar o nome do nenê. Não o conseguindo, o jeito foi se contentar com Mimi.

Quando se é feliz, o tempo dispara e nem percebemos. Quando os meninos já estavam em idade escolar, pois Valdir já tinha os oito completos e Valmir já estava na pré-escola, percebi um certo retraimento de minha querida Zélia; me parecia que nosso relacionamento estava se tornando monótono, frio...

Com jeito, para não ofendê-la, perguntei o que estava acontecendo; se eu tinha feito algo que não devia e isso a estava magoando. Ela, sorrindo, me perguntou:

– De onde você tirou essa ideia? Está tudo

bem... Tenho certeza de que você seria a última pessoa do mundo a me magoar!

E o tempo foi passando... Mas a nossa casa já não era mais aquele doce ninho de amor; era tudo, menos um lar. Tudo mudou, infelizmente!

A TRAIÇÃO

Numa manhã de inverno, o frio castigava quem ousasse tirar o rosto para fora das portas da casa, porém, o trabalho, o ganha-pão diário, nada tem a ver com as estações do ano e nem com as variações do tempo.

Saí para o trabalho no horário de costume e notei a presença de um carro parado diversas casas antes da minha e comecei a ficar intrigado. Isso não tinha nada de mais, se eu não tivesse visto outras vezes o mesmo carro algumas vezes por semana, de manhã; às vezes, na frente de uma casa, às vezes, de outra.

Quando tudo vai bem num relacionamento, a gente tem confiança; o amor compartilhado acerta as diferenças, se houver... Creio que o amor entre um casal deve funcionar como duas peças de uma engrenagem: devem estar coesas e ajustadas... E, isso não estava mais acontecendo entre nós.

Um mês depois que comecei a prestar atenção no tal carro pelas manhãs, começaram os boatos; primeiro entre a vizinhança, depois até alguns comentários em surdina na oficina. Vocês sabem... Aqueles olhares e sorrisos de malícia.

Até que um dia criei coragem e voltei, alegando ter esquecido a carteira de habilitação e não encontrei minha esposa em casa. A vizinha da frente, dona Vilma, que era madrinha do Valmir, vinha vindo pelo corredor com uma mangueira e um balde na mão, e então perguntei:

– Comadre, a senhora não viu se a Zélia saiu? Estou precisando pegar minha carteira de motorista que esqueci em casa...

Com toda a certeza, minha comadre já sabia de tudo, mas apenas limitou-se a dizer:

– Não vi não, compadre. Só agora estou saindo à frente.

Porém, Valtinho, filho da comadre, que ouviu a conversa, abriu a porta da sala e falou:

– A tia Zélia saiu de carro agorinha mesmo...

Naquele momento, senti o mundo desabar sobre mim. Se existisse um abismo insondável em minha frente, me atiraria dentro dele sem pestanejar.

NO MOTEL

Saí dali, fuzilando de raiva, nem me despedi da comadre que, penalizada com o estado em que fiquei, nem teve ânimo para me aconselhar, ou me consolar.

Passei na oficina e peguei emprestado o carro do primo de minha mãe, e me dirigi até o único motel que existia na cidade.

Ao chegar naquele antro de maus costumes e depravação, procurei esconder o carro atrás do muro do motel. Dali dava para ver quem entrava e saía de sua portaria.

Depois de uma hora, vi o carro preto sair vagarosamente, dando tempo para ver que existiam duas pessoas dentro dele. Só que a mulher estava usando um lenço branco sobre a cabeça e não pude reconhecer nela a minha esposa. Então, cuidadosamente, segui o dito carro de longe e vi quando parou duas ruas antes de casa.

Dele vi sair aquela em quem eu depositava as minhas melhores esperanças de uma vida cheia de amor e paz...

O meu pensamento em descompasso girou como um potente motor, nem sei a "quantas mil rotações" naqueles segundos. Pensei persegui-lo com meu carro e resolver a meu modo, aquele problema, porém, quando "o mar não está para peixe", não há nada que se possa fazer; o danado do carro que eu estava dirigindo "apagou" e, quem diz que "espeto de churrasco na casa de ferreiro é de pau", não anda tão por fora, pois o carro do dono da oficina estava precisando de uma rigorosa revisão.

Desci do carro, levantei a tampa do capô, fiz uma ligação improvisada e o danado do carro funcionou, mas... Já se tinham passado alguns minutos e o meu rival já deveria estar longe.

Furioso, segui para casa e encontrei Zélia trocando de roupa, toda perfumada. Assim que ela me viu, ficou assustada e me perguntou:

– O que está acontecendo, Vando, não era para você estar na oficina trabalhando?

Sem dizer nada, me aproximei dela e a esbofeteei várias vezes, derrubando-a em cima da cama do nosso quarto.

Eu estava tão fora de mim, que se não me controlasse poderia matá-la, como se faz a um cão raivoso; tinha vontade de fazê-lo, porém, achei que seria melhor expulsá-la de casa.

Então a levantei pelos cabelos e lhe disse que já sabia de tudo. Que a tinha visto sair do motel minutos atrás.

Olhando-a bem de frente, pedi que saísse daquela casa o mais rápido possível. Desafiando-me, ela respondeu:

– Saia você, a casa também é minha e daqui não vou arredar os pés.

Ah! Que vontade que tive de esmurrá-la novamente, porém, ela saiu correndo e foi para a casa da comadre Vilma e lá ficou.

Tão desorientado eu estava, que nem pensei em mais nada. Atirei-me na cama e chorei como uma criança.

Só depois de alguns minutos tive a infeliz ideia de pôr um fim na minha triste vida. Viver para quê, se já não tinha mais um lar? Se o meu castelo de sonhos tinha se desmoronado...

Levantei-me, fui até ao pequeno armário do banheiro, peguei um tanto de soda cáustica que era usado para desentupir o ralo da pia, preparei um copo com água e tomei todinho.

Aquele mortífero coquetel desceu queimando garganta abaixo e comecei a gritar adoidadamente...

Dentro de poucos minutos não vi mais nada, desmaiei de tanta dor. Só fui recobrar os sentidos um dia depois num leito do hospital; doía tudo. Minhas entranhas mais pareciam um vulcão em plena erupção.

A última coisa de que me lembro, usando os sentidos carnais, foi ter visto a enfermeira retirar uma espécie de babador todo ensopado de sangue e ter ouvido o médico dizer:

– Não tem mais jeito... Nem mesmo um milagre... se existir!

ACORDANDO NAS TREVAS

Não sei o que aconteceu e nem quanto tempo fiquei fora de mim mesmo. Acordei naquele inferno que vocês todos conhecem, o vale dos suicidas.

Infeliz da criatura que tenta burlar as leis da vida. Acabará pagando um preço demasiadamente alto por essa loucura e por tanta ignorância. Sim, **ignorância,** porque a morte, como a "anulação total, o fim de tudo", não existe. Quem comete o suicídio desconhece que as duras provações da vida são necessárias à nossa evolução, que são correções exigidas pela Justiça Divina e que, vindas de Deus, vêm sempre mescladas com muito, muito amor. Não sabe que o Pai Bondoso não coloca um fardo pesado em ombros fracos.

Não consegui, por mim mesmo, avaliar por quanto tempo perambulei pelo vale sombrio. Pensava estar ali já havia uma eternidade, pois (alguém como eu) com as vísceras que eu pensava ter, pegando fogo, tinha perdido a noção do tempo e de tudo...

Somente aqui, fiquei sabendo, através do irmão Felix, que a minha estada nas trevas durou nove anos.

Neste exato momento, meus dois filhinhos, já adolescentes, devem fazer uma péssima ideia do pai deles. Principalmente se não descobriram o porquê do meu desatino.

Deus, Pai Criador! Tenha piedade dessa infeliz criatura que terá de renascer num corpinho trazendo a região da laringe sem nenhuma imunidade, sujeita a enfermidades e, futuramente, campo ao câncer destruidor.

Oh! Criaturas da Terra; por tudo quanto de mais sagrado existe, ou, por tudo aquilo em que vocês acreditem... Nunca deixem aninhar em vossos pensamentos uma ideia sequer de autodestruição; a linguagem humana é pobre demais para definir o nosso sofrimento, e as nossas angústias.

Estudem, meditem e, acima de tudo, pratiquem os ensinamentos do Meigo Nazareno, procurando associar os tesouros evangélicos com o trabalho de cada dia. Procedendo assim, vocês conseguirão vencer os desafios que a vida do mundo lhes impõe.

Buscar no suicídio a resolução de seus problemas? Não, jamais... Não entrem nessa, pois é um barco furado; afunda mesmo!

Porque eu vô-lo digo em verdade: se tivésseis fé como um grão de mostarda, diríeis a esta montanha: Transporta-te daqui para ali, e ela se transportaria, e nada vos seria impossível. (*São Mateus*, cap. XVII, v. de 14 a 20).

(*O Evangelho Segundo o Espiritismo*, Cap XIX – A fé transporta montanhas, IDE Editora.)

Capítulo 4

O INDUSTRIAL

As entidades acolhidas naquela manhã pelos mensageiros do Hospital Maria de Nazaré estavam internadas havia mais de um ano, e apenas Irineu ainda apresentava altos e baixos no tratamento.

A saudade da esposa e dos filhos impedia o real aproveitamento de tudo o que era oferecido pelos bondosos guias; muitas vezes, o pobre espírito chegou mesmo a atos de insubordinação.

Nesses momentos, a bem do próprio Irineu, os Abnegados Assistentes lhe aplicavam passes de prostração, para que se acalmasse e fosse induzido ao sono.

O diretor do hospital, Marco Silvestrini, palestrava amistosamente com ele, fazendo-o ver que a sua ida à Terra não lhe faria bem; além de causar influências negativas à esposa e aos filhos queridos, que estavam lutando para suprir-lhe a ausência, qualquer desajuste emocional seria prejudicial a ambas as partes. Nesse momento, Irineu se acalmava e aceitava o generoso alvitre, mas voltava a reincidir nos dias seguintes.

Numa manhã em que Irineu se achava mais tranquilo, mais conformado, os companheiros de quarto comentavam sobre suas ocupações no mundo no campo das profissões. Chegando a sua vez de falar, Vilani gaguejou e, por fim, falou:

– Ah! meus amigos... Pelo que pude perceber, profissões, títulos ou posições sociais não são bases seguras para que as criaturas estejam isentas de problemas, e ou de fracassos.

E aquela infeliz criatura, procurando

concentrar-se bem para relembrar o passado, contou a sua triste história:

Nasci num dos famosos bairros da cidade do Rio de Janeiro e os meus pais fizeram de tudo para que seus filhos tivessem uma vida isenta das tribulações e violências, que infelizmente assolam a querida "cidade maravilhosa", e o mundo todo.

Meus pais eram cariocas da gema, pessoas boníssimas, que fizeram "das tripas, o coração" para nos dar condições de estudarmos de acordo com as nossas aptidões e, assim, eu e meus dois irmãos conseguimos ter um curso universitário. Amarildo e Arnaldo fizeram o Curso de Direito e eu optei por Administração de Empresas.

Como irmão mais velho, terminei meus estudos dois anos antes do Amarildo e cinco antes de Arnaldo e saí à luta à procura de um emprego.

Como papai era funcionário do Banco do

Estado, consegui logo um emprego numa empresa de confecções, onde aprendi que a arte de inovar e atualizar os figurinos é que atrai para as lojas as pessoas ávidas de novidades.

Casei-me aos vinte e cinco anos com Rosemary, uma funcionária do banco em que papai trabalhava, num esplendoroso dia do mês de maio.

Passou um ano, dois, e nada de Rosemary engravidar; nosso sonho era ter, se possível, um casal de filhos...

A essas alturas, Rose já tinha feito um rigoroso tratamento recomendado pelo médico de nossa família, mas sem resultados. Foi quando o próprio Dr. Raul aconselhou que Rosemary fosse examinada para avaliação num hospital especializado.

Com a avaliação, foi constatado que minha esposa tinha o útero infantil e que jamais poderia ser mãe. Rose ficou entristecida com o fato, e, para tirá-la daquele estado de tristeza, tentei convencê-la de que poderíamos adotar.

Ela agradeceu-me, pensando que a possibilidade que aventei fosse apenas para consolá-la; porém, quando reafirmei o desejo de adotar um bebezinho, Rose ficou esperançosa e feliz.

Como nosso Deus é bom! Trabalhava conosco, cuidando de nossa casa e cozinhando para nós, uma senhora de nome Elvira; quando ela soube que queríamos adotar uma criança, lembrou-se de que onde morava existia uma jovem que estava para ter nenê por aqueles dias e, como era solteira, não tinha condições de manter a criancinha e iria doá-la.

Naquele comecinho de noite, quando Elvira foi embora, fomos levá-la e ficamos conhecendo Betina, a moça grávida.

Elvira nos apresentou dizendo que éramos seus patrões, que Rose não podia ter filhos e que estávamos procurando um bebê para adotar.

Betina manifestou-se de uma maneira estranha, uma mescla de alegria e tristeza. Preocupado, perguntei:

– Tudo bem, Betina? Parece-me que você não gostou da ideia.

– Não, não é isso... É que estou esperando dois bebês e não gostaria de separá-los; pelo menos isso eu posso fazer por eles.

Olhei para Rosemary e notei que seus olhos se iluminaram com um brilho que jamais eu tinha visto naquele belo rosto. Ela, percebendo que com um leve gesto dei minha aprovação, felicíssima, falou:

– Ora, Betina, isso não é nenhum problema; quem cuida de um, cuidará de dois. Em nossos corações existe amor suficiente para os dois...

A ADOÇÃO

Quinze dias depois, acompanhamos Betina até a uma maternidade e, com toda a assistência possível, veio ao mundo um lindo casal de bebês, porém, apesar de todos os cuidados, Betina acabou morrendo poucos minutos depois do parto, pois era apenas uma menina de quatorze anos, e os médicos não conseguiram estancar a forte hemorragia.

Eu e Rosemary nos encarregamos de dar um sepultamento digno à pobre infeliz e também uma ajuda à dona Sofia, sua mãe, que vivia numa pobreza de dar dó.

Depois de legalizada a adoção, levamos os bebês para casa e, tão felizes estávamos, que nosso lar parecia ter se transformado num céu. Hoje, Célio e Celina devem estar mocinhos, pois quando cometi o desatino de acabar com minha vida, estavam com onze anos, com os quase sete que permaneci sofrendo como um louco varrido no vale, meus filhinhos devem estar com os seus dezoito anos.

O EMPRESÁRIO

Quando Célio e Celina estavam com dois anos, saí da empresa em que trabalhava como gerente e montei a minha própria confecção. Não é fácil montar uma empresa a partir do zero, mas como eu tinha um pouco de recursos aplicados no banco em que meu pai trabalhava, isso facilitou bastante.

Não foi difícil levantar um empréstimo do valor que faltava, pois papai foi meu avalista. De início, comecei com quatro máquinas de confecção e apenas uns dez funcionários, entre os de produção, escritório e vigilantes. Nascia ali a Confecções Neuvile Ltda. (*)

Três anos depois, meu faturamento foi quadruplicado e agora já tinha vinte máquinas e quase setenta empregados.

Tudo ia indo bem... Às mil maravilhas, para ser mais exato. A experiência adquirida na firma anterior era-me de grande valia. Em poucos anos a marca Neuvile já era conhecida em toda a grande Rio, pelo interior e até mesmo fora do estado.

(*) Nota do autor – Qualquer semelhança com nomes ou marcas existentes, terá sido mera coincidência.

Entretanto, com a abertura do governo da época às importações, as empresas do ramo começaram a encontrar dificuldades para se manter. Os produtos vindos do exterior saíam bem mais baratos...

AS DIFICULDADES

Como aquele estado de coisas permaneceu por um longo tempo, fui obrigado a reduzir o quadro de funcionários, pois ainda tinha que pagar parte do empréstimo feito para comprar as últimas cinco máquinas e dois furgões para entregas; ficou difícil conciliar tudo ao mesmo tempo.

Vocês podem imaginar uma empresa que não produz com sua força total, ficar devendo impostos, contribuições, taxas, e ter que indenizar os funcionários que eram demitidos por necessidade? Minha empresa entrou num caos irreversível!

A minha dívida foi se avolumando como

uma bola de neve. Emagreci, os meus cabelos branquearam como uma mecha de algodão e, se não bastasse, tive que submeter-me a um rigoroso tratamento de gastrite e, por último, meu estado de espírito me levou a uma terrível depressão.

A pobre da Rosemary não se conformava ao me ver naquele estado desesperador. Como um doce anjo, deixou as crianças com Elvira e passou a me acompanhar, tanto na confecção como nas minhas idas aos médicos.

Se pelo menos eu buscasse nas religiões da Terra um pouco de conforto espiritual, não sofreria tanto.

Existe um ditado no mundo que ainda é usado em certos casos: "que muita gente não sabe da missa a metade..." Eu, então que só fui à igreja para o batismo e para o casamento, não sabia da missa nem o começo.

Ah! Se as criaturas do mundo soubessem o quão importante é ter uma religião. Mas não apenas por ter uma... Qualquer criatura que busque uma religião, precisa, antes de tudo, ter a religião dentro de si e não apenas estar dentro dela.

A Confecções Neuvile Ltda. aos poucos foi afundando. As chances eram mínimas de recuperação; tive que aos poucos ir demitindo os funcionários, pois a folha de pagamento representava uma boa despesa e as vendas estavam sendo efetuadas pela metade.

DIANTE DO DESESPERO

Na situação em que eu me encontrava, tudo ficava difícil, não tinha mais cabeça para pensar.

Apesar da ajuda de meu pai com os recursos que tinha, e de Rosemary, que sempre estava com o seu ombro amigo me sustentando, me confortando nas horas mais difíceis, chegou uma hora que não deu mais...

E essa hora foi quando não consegui recursos para cobrir o valor da folha de pagamento do mês.

Fiquei tão triste, tão agoniado, que me tranquei no escritório e dei vazão a tudo que eu estava represando havia tanto tempo. Chorei, blasfemei contra tudo e todos e até mesmo contra Deus.

No auge do desespero, abri a última gaveta da mesa e peguei o revólver que sempre mantive intacto no fundo e não pensei duas vezes... Seria o fim do sofrimento.

Encostei o cano da arma sobre o ouvido direito e puxei o gatilho. Não pude ver mais nada. A intensa dor causada pelo projétil e o barulho infernal causado pelo estampido do revólver me levaram a um turbilhão de horrores, como se minhas forças se esvaíssem enquanto eu era atraído por uma força irresistível e desconhecida.

Não consegui avaliar o tempo exato em que estive naquele estado de torpor; somente aqui consegui saber, através do Dr. Silvestrini, que o meu estado de inconsciência durou perto de um mês. Porém, saí de um estado ruim para entrar em outro pior. A loucura, o medo, a sensação de estar vivendo como um acéfalo... e, apesar de tudo, registrar os gritos de loucura e de dor de tantos companheiros, que sofriam ao redor dos meus passos.

O RECADO DE IRINEU

Aquele espírito, que às vezes agia de uma maneira, ora de outra, pelo fato de ter o seu "centro de força coronário" sido afetado com o disparo fatal, muitas vezes, em estado de grande lucidez, transmitia aos companheiros pareceres embasados em verdades incontestes.

Quantas vezes viram-no colocar as duas mãos sobre os ouvidos, como tentando impedir que as lembranças amargas viessem reacender o monstruoso remorso que o avassalava.

Nessas horas, depois que conseguia serenar a mente, ele se aproximava dos companheiros e começava a falar:

"Se fôssemos um pouco mais fortes em nossa última romagem terrena, não estaríamos hoje, aqui, tomando o lugar de tantos que ainda estão embrenhados no lodaçal do vale dos suicidas. Nossos familiares não estariam sofrendo, sabe lá o quê... E, não teríamos que reencarnar mais tarde, levando conosco o estigma nefasto encalacrado em nossos malformados corpos, devido a nossa covardia em querer fugir da vida através do suicídio.

Pudesse eu, de alguma forma, fazer um pedido aos habitantes do mundo, pediria: Que não tentem, nem pensem em buscar no suicídio o fim de seus males, de suas dores, ou a solução de quaisquer problemas; a maior decepção sentida, ou experimentada aí na Terra, quando os revezes da vida nos levem aos malogros da sorte, são como pequenas alfinetadas, se comparadas com as agruras intérminas que fustigam dia e noite a consciência do espírito culpado.

Diante das dificuldades que a vida apresenta, busquem, numa ocupação digna, o antidepressivo que nenhuma farmácia pode manipular; na prece, a luz que ilumina do princípio ao final do túnel e, em Deus, o Sublime Amor que envolve a todos.

Quando todas as criaturas estiverem integradas no caminho do bem, não terão tempo de dar pasto aos maus pensamentos e, assim, no embalo do amor que santifica, encontrarão o prazer de viver e não mais buscarão meios de fugir de suas responsabilidades!"

Depois que Irineu Vilani falava, se fechava como uma flor emurchecida sob a canícula solar; afastava-se dos companheiros e ficava absorto em seus pensamentos. Talvez prelibando antecipadamente o conteúdo amargo da taça de fel que sorveria na próxima existência carnal, quando teria que enfrentar toda uma vida numa completa imbecilidade devido ao fato de ter estourado o crânio.

Nesses momentos, os companheiros de Irineu, a seu exemplo, também se entregavam às meditações, procurando entender como alguém, com aquela capacidade de raciocínio, pudesse um dia ter-se emaranhado nas malhas do suicídio.

Dois dias depois, os companheiros de enfermaria se reuniram para comentar algumas peculiaridades sobre os seus tratamentos. Todos estavam convictos de que teriam acerbos padecimentos pela frente, pois toda a obra mal feita sobre a face da Terra precisava ser corrigida.

Enquanto cada um falava dos problemas que teriam que enfrentar na próxima reencarnação,

Elídio Madureira, adiantando-se, assim se expressou:

– Ah! meus queridos irmãos, pobre e infeliz da criatura que se complica diante da vida por se acovardar diante do sofrimento. Vou agora lhes contar o motivo do meu desatinado e insensato suicídio.

E aquele espírito tão calmo, de modos tão corteses, em seu simples linguajar, contou detalhadamente sua vida na última existência.

QUESTÃO 952

– O homem que perece vítima do abuso de paixões que ele sabe dever apressar seu fim, mas às quais ele não tem mais o poder de resistir, porque o hábito fez delas verdadeiras necessidades físicas, comete um suicídio?

– *É um suicídio moral. Não compreendeis que o homem é duplamente culpado nesse caso? Há nele falta de coragem e animalidade, e além disso, o esquecimento de Deus.*

(*O Livro dos Espíritos,* Cap. I – Penas e gozos terrestres, IDE Editora.)

Capítulo 5

O BÊBADO

A minha história não é muito diferente da de vocês... Ao descer para um novo renascimento, todos têm os seus maus pedaços para passar. Felizes são os que, "rindo ou chorando" passam por esses momentos difíceis sem se entregarem ao desespero.

Fui alguém criado sob os rígidos costumes do povo da roça, quando se acreditava que trabalhar em dias santificados era pecado, que o arco-íris ou "arco da velha" descia para beber água do rio e que engolia as crianças malvadas, e que sempre gritavam por Santa Bárbara quando relampejava.

Morávamos numa grande fazenda no sul mineiro e meus pais eram criaturas maravilhosas; semianalfabetos e simples, sim, mas honrados.

O nome do papai era Sebastião, por ter nascido num vinte de janeiro, e mamãe se chamava Lázara, que no convívio familiar era carinhosamente chamada pelo diminutivo Lazinha, e finalmente ficou conhecida como dona Zinha.

Éramos seis irmãos, quatro homens: o Durval, o Edgar, o Jorge e eu; duas mulheres: a Madalena e a caçula Eulália. Eu era o mais velho e, portanto, enquanto ficamos morando na zona rural, ajudei meu pai a criar os mais novos.

Quando ficamos mocinhos, começamos a fazer a cabeça de nosso pai para irmos morar na cidade. O nosso argumento, com a ajuda da mamãe, era que, na roça, não tínhamos condições de estudar e nem aprender uma profissão.

De tanto "buzinarmos" em seus ouvidos, papai acabou concordando. Lá pelo finalzinho de julho, assim que terminou a colheita, conseguimos vender alguns porcos que criávamos, dois cavalos e a galinhada que mamãe tão bem sabia cuidar, e fomos de "mala e cuia" para a cidade.

Não era uma cidade com indústrias como as de hoje e tivemos, o Durval e eu, que trabalhar como serventes de pedreiro, e os demais, como "bóias-frias". Fazer o quê, a luta pela sobrevivência sempre pede esforços e, às vezes, até sacrifícios.

Só que tivemos que aguentar sempre a cantilena do senhor Sebastião: "Do que adianta morar na cidade e ter que trabalhar na roça?"

Dava dó do papai, coitado; nos seus quase sessenta e cinco anos, já não tinha tanta saúde para ficar levando aquela vida. Porém, a família era grande e comer era preciso, além do aluguel, pois não tínhamos dinheiro para ter a nossa própria moradia.

Minhas irmãs se deram melhor do que nós. Madalena conseguiu se empregar numa loja de cosméticos e Eulália, como caixa num supermercado.

Com o passar dos meses, Durval, que era bem inteligente e aprendia com facilidade, deixou de trabalhar com o Edésio Mota, entrando numa construtora como meio-oficial de pedreiro, conseguindo assim ganhar mais e ter sua carteira profissional com registro.

Eu continuei com o Edésio, mas papai, Jorge e o Edgar continuaram pegando o caminhão de turma para ir trabalhar. Enquanto isso, dona Zinha, em casa, lavava roupas para duas famílias do próprio bairro.

O rendimento de cada um não era tanto, porém, somado, dava para se levar uma vida razoavelmente tranquila.

O ACIDENTE

E a vida continuava, sem nenhum problema, até o dia em que um triste acontecimento veio mudar os nossos dias e amargar as nossas horas. Papai caiu do caminhão ao descer perto de casa e teve que ser internado.

Parecia coisa simples, nada grave, mas o fato é que a queda causou uma lesão na coluna e o pobre do papai nunca mais conseguiu andar; teria que passar o resto de seus dias numa cadeira de rodas.

Aquele triste acidente nos marcou profundamente, inclusive mamãe; achávamos que os culpados de tudo aquilo, éramos nós.

Meus irmãos ficaram traumatizados com o acidente do papai e já não queriam mais trabalhar na lavoura, tendo que usar o caminhão de turma para ir ao serviço.

Assim, deixaram de ir para a lavoura e começaram a procurar um novo emprego. Jorge teve sorte e se empregou na construtora em que o Durval trabalhava e o Edgar, depois de procurar por algumas semanas, acabou conseguindo se empregar como vigilante de uma grande rede de lojas que mantinha uma filial em nossa cidade.

Meus irmãos foram, com o passar dos anos, arranjando namoradas e casando-se, inclusive, Madalena.

A casa habitada por oito pessoas, ficou somente com quatro: papai, mamãe, Eulália e eu. Porém, meus irmãos, suas esposas e os sobrinhos que foram aparecendo, trouxeram de novo a alegria àquela casa e ao velho Sebastião.

Por último, Eulália também arranjou um namorado e, em oito meses, estava se casando com Eduardo, moço de boa família, proprietário de um pequeno supermercado na cidade.

Lembro-me bem... Foi na festa desse casamento que conheci aquela que, de início, encheu o meu coração das mais doces esperanças; e acabou um ano depois, sendo a pedra de tropeço que me atirou num abismo insondável.

BELEZA NÃO É TUDO...

Elisa era uma das colegas de serviço de Eulália, e fomos apresentados naquela festa de casamento. Era linda, tinha um rostinho de anjo, usava um perfume, daqueles de deixar qualquer homem entontecido.

Conversamos bastante naquela noite de sábado e começamos um namoro assim... como posso dizer? Um "chove e não molha" é o termo mais exato. Pois eu era pobre, um simples servente de pedreiro, muito tímido; tudo isso era uma barreira entre nós dois.

Todavia, aquelas faces rosadas, aquele sorriso angelical, aquela voz... Ah! Quando eu ouvia aquela voz, me transportava para o mundo dos sonhos de onde nunca gostaria de sair. Pois a realidade era tão diferente... Sentia-me um besouro asqueroso querendo pousar nas pétalas da mais bela flor.

Após o casamento de Eulália com Eduardo, consegui mudar de serviço; fui convidado por Eduardo a trabalhar com eles. Como controlador de estoques, me senti mais confiante e, com tanta expectativa, disse a Elisa que gostaria de conhecer a sua família.

Elisa sorriu sem jeito e me deu um "chega pra lá":

– Nossa, Elídio, só o meu amor não

basta para você? Será que você tem tanto amor dentro do coração que quer repartir com minha família?

Fiquei desconsertado diante dela. E continuamos nosso namoro como um fogo em lenha molhada: mais fumaça do que chama.

Aquela situação me deixava triste, angustiado, sem disposição nenhuma de me melhorar; tanto no serviço como intimamente.

A MORTE DE PAPAI

Foi num vinte e quatro de junho, quando as famílias católicas fazem os seus terços, acendem suas fogueiras, levantam os seus mastros para festejar São João, que Sebastião Madureira despediu-se desse mundo.

Para nós, foi uma grande perda, pois apesar de ter vivido os seus últimos anos numa cadeira de rodas, ele era o esteio da casa, aconselhando a todos, às vezes me acalmando, pedindo que eu tivesse paciência no meu namoro complicado.

A partir dessa data, passei a me desestruturar, dia após dia; passei a beber... Não conseguia fazer nada sem estar pensando nela. Elisa, no entanto, continuava com a mesma frieza de sempre.

A bebida me fazia esquecer. De alguns porres de vez em quando, passei a me embriagar quase todas as noites.

No serviço, o meu desempenho já não era o mesmo; descuidei-me da aparência pessoal e aí tudo se complicou. Fui demitido e as razões eram óbvias: alguém trabalhando em contato com o povo, não poderia estar com a barba por fazer e nem estar cheirando a um gambá.

Com esse desastroso comportamento, Elisa passou a me evitar. E, quando eu a encontrava, ela dizia estar atrasada e com pressa. Passamos mais de quinze dias sem nos falarmos.

Num triste final de semana, tomei um belo banho, me barbeei, coloquei a minha melhor roupa e tinha a intenção de ir até sua casa, para decidirmos aquela situação. Mas... Cadê coragem?

O jeito era enfiar uma ou duas branquinhas goela abaixo e esperar que a coragem chegasse. Foi o que fiz...

Quando a coragem, ou a falta de vergonha chegou, fui até onde ela morava e a chamei para conversar. Porém, me informaram que ela não estava.

Então aprontei o maior escândalo dizendo que ela estava lá, mas que estava se escondendo de mim. Resultado... Acabei levando a maior surra que alguém pode imaginar.

Os vizinhos de Elisa chamaram a polícia e me levaram, primeiro para o pronto-socorro para curativos nos braços vertendo sangue e depois para a cadeia, com a alegação de estar provocando tumulto na via pública.

Ninguém, lá de casa, jamais passou por uma delegacia, e eu tive que passar um dia atrás das grades.

DESESPERO DE UM BÊBADO

No momento em que o carcereiro abriu a cela e chamou meu nome, os que estavam comigo na mesma cela disseram:

– Vai com Deus, você é um cara de sorte; tem uma família, esteve preso por uma bobagem e nunca roubou e nem matou...

Se eu soubesse o que sei hoje, preferiria ficar enjaulado, a sair com aqueles pensamentos sinistros.

Quando passei pela sala do delegado, ouvi um sermão daqueles:

– Olha, rapaz, você não tem jeito de ser uma má pessoa... Procure evitar a bebida, senão ainda vai se dar muito mal.

Quando cheguei em casa, depois do abraço, dona Zinha me fez passar um carão daqueles, diante de minha cunhada, esposa de Durval, e de diversos sobrinhos.

Fiz de tudo para evitar a bebida, mas

somente foi por algumas semanas; as humilhações sofridas, a lembrança de Elisa, me faziam fraquejar. Não aguentando mais os assediantes pensamentos martelando em minha cabeça, acabei entrando numa terrível depressão e, deliberadamente, entreguei-me à maldita cachaça.

Quantas noites eu dormi fora de casa... No começo, mamãe mandava meus irmãos me procurar e me traziam carregado; porém, todas as vezes em que iam me buscar, eu aprontava o maior escândalo. Assim, acabei afastando de mim os meus irmãos e a ajuda fraterna.

Fiquei sabendo que mamãe fez promessas a Nossa Senhora para que eu largasse de beber. Porém, quem deveria fazer promessas ***e cumprir,*** teria que ser eu. Mas, sem o amor de Elisa eu já não estava mais ligando para nada... se as águas do rio corressem para baixo ou para cima, pouco me importava.

UM TRISTE FIM...

Vivi quase um ano na triste agonia de quem

vê a vida sem nenhuma perspectiva. Quase todos os dias, o meu primeiro cafezinho era um gole da malvada.

Quantos conselhos eu recebi de minha mãe. Quantos esbregues eu levei de meus irmãos. Mas, nada adiantava; eu afundava cada vez mais naquele lodaçal sem fim.

Eu não conseguia me sentir bem na sobriedade; uma tristeza enorme se apoderava de mim, então, eu procurava os bares e lá me embebedava até me apagar por completo. Acordava bem mais tarde ou no dia seguinte, e continuava no mesmo ritmo.

Um dia, porém, o que vi me levou ao desespero em seu mais alto grau: minha Elisa passou por mim sorrindo, ao lado de um moço que a enlaçava pela cintura. Aquilo era o máximo que o meu coração apaixonado poderia suportar.

Fiquei esbravejando, dizendo palavras desconexas e não consegui tirar aquela cena do pensamento. Cambaleante, caindo e levantando, fui para casa e chorei não sei por quanto tempo...

Mamãe, penalizada com a minha situação, me preparou um café amargo e pediu que eu tomasse; que ficasse quietinho, pois depois de um bom sono tudo passaria, e eu me sentiria melhor.

Como já eram duas da madrugada, assim que me acalmei, ela se deitou. Quando percebi que ela já tinha adormecido, me levantei cuidadosamente para não acordá-la, abri a porta da cozinha e fui para o quintal.

Eu estava certo de que a melhor maneira de me livrar daquele tormento seria a autodestruição. Sairia da lama não apenas a presença de um bêbado, mas também a honra da família, pois já não estava mais trabalhando, somente dando desgosto para mamãe e sendo a vergonha da família Madureira.

Com o pensamento fixo em dar um fim à minha pobre vida, fui até a velha mangueira, onde meus sobrinhos gostavam de brincar num balanço feito de corda, soltei a tábua que servia de assento do balanço, enrolei a corda no pescoço, subi numa cadeira velha que não usávamos mais e pulei...

QUERENDO SAIR DA LAMA, ATIREI-ME NUM PRECIPÍCIO...

A dor mais cruciante, a angústia máxima que um pobre mortal tenha podido experimentar na face da Terra, não se compara ao sofrimento enfrentado por um covarde que se enforca.

Assim que a corda retesada pelo peso do meu corpo pressionou ao máximo a minha jugular, senti-me chupado para fora do corpo por um processo de sucção e fui atirado à beira de um lamaçal com cheiro de coisas apodrecidas, onde amarguei por um longo tempo entre acessos de espasmos e dores lancinantes. E o pior de tudo era a aflição de querer respirar livremente, encher os pulmões de ar e espirar como qualquer pessoa normal e não poder; parecia-me estar numa espécie de vácuo ou num local desprovido de oxigênio.

Bem melhor seria encarar frente a frente o vício da bebida, a rejeição de Elisa, a vergonha de ter sido alvo de gozação por parte dos insensíveis. Pelo menos estaria ao lado de mamãe, podendo ouvir a sua voz, os seus conselhos e poder sentir os carinhos de suas mãos a me alisar os cabelos.

O ato de exterminar a vida assemelha-se a um arqueiro enfurecido que, num momento de descontrole, atira uma flecha, depois se arrepende e tenta segurá-la, mas se vê impotente na interceptação. O suicida, ao apertar a corda, ao acionar o gatilho, ao golpear os pulsos, ao ingerir o veneno, estará agindo como o arqueiro; depois do golpe fatal não tem mais jeito!

Não sei estimar o tempo em que permaneci

naquele local lúgubre e sombrio. Lembro-me de que, além de sofrer as dores que me sufocavam a garganta, que me comprimiam os pulmões devido à asfixia pelo enforcamento, tinha que suportar a fedentina que às vezes ia do cheiro de carne em decomposição, até o cheiro azedo de bagaços de cana curtidos, que poderiam ser os reflexos do maldito vício.

Eram de enlouquecer qualquer cristão, os gritos, as blasfêmias e as gargalhadas que se ouviam naquele local. ***Os gritos, misto de desabafo e dor, as blasfêmias a demonstrar uma incontida revolta, e as gargalhadas, indicando que alguém se abeirava da loucura.***

Quantas e quantas vezes tive que abafar os meus gemidos, no intuito de me ocultar de bandos de espíritos de formas animalescas que passavam no maior tropel. Nesses momentos, eu me questionava: quais os motivos que levam um bando de espíritos a tripudiar sobre o sofrimento de tantos seres que gemem e choram?

Aqui no Maria de Nazaré, quis saber o

porquê daqueles ataques no vale dos suicidas, e o Assistente Jonas Duprat me disse que aquele bando de malfeitores são verdugos cruéis que, achando-se no direito de cobrar antigas dívidas, sugerem o suicídio, mas não se contentando com isso, fazem questão de torturar suas indefesas vítimas até o presente.

Lembro-me de que ainda questionei:

– Até quando será que os pobres e infelizes suicidas ficarão à mercê dessa turma de desalmados?

E, carinhosamente, Jonas me esclareceu:

– Até quando se deixarem subjugar... A partir do momento que qualquer criatura se modifique interiormente e busque Deus através de uma prece sincera, obterá ajuda. Desde o princípio do mundo até aos nossos dias, nenhuma prece sincera ficou sem a resposta do Criador.

Depois da exposição detalhada de sua vida, Elídio, com os olhos orvalhados pelas lágrimas, pediu licença aos amigos e saiu corredor afora rumo ao grande jardim. Queria retemperar as forças, orando à querida Senhora de Nazaré, pelo abrigo aconchegante e pelas bênçãos daquela hora!

Pedi e se vos dará; buscai e achareis; batei à porta e se vos abrirá; porque todo aquele que pede recebe, quem procura acha, e se abrirá àquele que bater à porta.

(*O Evangelho Segundo o Espiritismo,* Cap. XXV – Busca e Achareis, IDE Editora.)

Capítulo 6

SONHO OU PESADELO?

Aqueles pobres espíritos, por maior esforço que fizessem, não conseguiam se livrar, de pronto, das amargas e tristes lembranças do ocorrido em suas últimas existências. Estavam, pela graça de Deus, recebendo tratamento e atenção por parte de espíritos amigos que, sob o comando de Silvestrini e a proteção de Maria de Nazaré, ensejavam a cada um a oportunidade de delinear o futuro renascimento.

No comecinho de uma noite, os oito amigos estavam comentando as particularidades de seus tratamentos, quando apareceu a figura bondosa de Ciro Menegucci que, após cumprimentá-los, avisou:

– Estou aqui em nome de nosso querido diretor, para convidá-los a assistir amanhã uma palestra a ser proferida por Olavo Soares, a partir das dez horas. O palestrante é alguém dotado de um conhecimento evangélico ímpar e de um coração extremamente devotado ao bem. Tenham todos uma boa noite de sono... E bom aproveitamento na palestra de amanhã.

A PALESTRA DE OLAVO

No dia seguinte, após os tratamentos costumeiros, todos os assistidos daquela casa consagrada a aliviar os sofrimentos e preparar cada espírito para uma nova existência, acorreram felizes para o grande salão reservado para palestras e outros eventos.

Às dez horas em ponto, o diretor do hospital apareceu trazendo ao seu lado um jovem simpático, e assim se expressou:

– Queridos amigos e irmãos muito amados, hoje nós vamos ter a oportunidade de ouvir a voz de nosso querido Olavo Soares, falando sobre o Evangelho de Jesus. O orador desta manhã dispensa qualquer apresentação... A sua presença marcante, as doces e suaves energias que transmite, valem mais que uma apresentação verbal. Que Deus nos abençoe, iluminando-nos a mente, para que possamos aproveitar todos os seus ensinamentos. Com a palavra, o nosso querido Olavo:

"Queridos irmãos em Jesus, que o Pai Amoroso e Bom nos abençoe hoje e sempre.

O Meigo Nazareno, o Ser mais Iluminado que os homens da Terra puderam conhecer, disse há vinte séculos: **Eu sou o caminho, a verdade e a vida; ninguém irá ao Pai, senão por mim.** – *Jesus* (João, Cap. 14 v. 6)

Não existe nenhum equívoco; as palavras de Jesus são claríssimas e não deixam a menor dúvida... Somente seguindo o seu Evangelho, repositório de verdades sublimes que nem mesmo os evangelistas conseguiram entender, captar e passar na íntegra, é que poderemos nos aproximar do Pai Celeste. Portanto, não vale a pena teorizar e decorar os textos evangélicos e falhar na hora da prática. A teoria somente é válida quando o aprendizado é posto à prova, aí, então, se comprova a sua eficácia.

O Evangelho é aquele tesouro que não se pode avaliar com os métodos do conhecimento humano. Somente as almas que galgaram os Páramos Celestes através do amor e do conhecimento podem desfrutar com exatidão dessa preciosidade.

É muito comum a criatura humana apegar-se à leitura do Evangelho, como se cumprisse um ritual; existem mesmo os que procuram decorá-lo do começo ao fim, mas não o valorizam naquilo que é essencial... a sua prática.

Quando o Mestre, na praia de pescadores, chamou Simão Pedro para o Divino Ministério, propiciou-lhe, e aos companheiros, a oportunidade de se transformarem em pescadores de almas.

Quando Jesus convocou Levi, que mais tarde se transformaria no evangelista Mateus, possibilitou-lhe o ensejo de cuidar dos tesouros do espírito, abandonando a coleta de impostos.

Aí então, ao contato do Mestre Amigo, o antigo publicano começou a escrever as famosas Anotações de Levi que, mais tarde, transformar-se-iam no Evangelho.

Os demais, até atingir o número de doze, também foram escolhidos por carregarem consigo algo além do que os olhos carnais podem registrar... E o Cristianismo nascente não cresceu patrocinado pelos ricos e poderosos, mas, sim, pelo amor, pela fé de um povo simples, porém dotado de bom coração.

Mais tarde, o Sinédrio fez de tudo para coibir aquela crença e interromper o trabalho da Casa do Caminho, porém, o Poder do Alto sempre prevalece sobre o poder temporário da Terra. Nem mesmo o apedrejamento de Estêvão deteve o crescimento do cristianismo.

Por trás das perseguições e prisões arbitrárias,

estava a figura do jovem Saulo de Tarso, Doutor da Lei e homem de grandes conhecimentos... Porém, às portas de Damasco, esse mesmo jovem foi convocado por Jesus para difundir o Evangelho, e Saulo, sem hesitar, pergunta-Lhe: 'Senhor, o que queres que eu faça?' – Atos Cap. 9 v. 6.

É justamente neste ponto, no episódio da Estrada de Damasco, que o cristão verdadeiro deve se apegar e, mentalmente, perguntar em todos os momentos: **Senhor, o que queres que eu faça?**

O Meigo Nazareno, através do tempo e em muitas de nossas reencarnações, já esteve, de uma forma ou de outra, convidando-nos para o seu apostolado. Porém, nunca quisemos ouvi-Lo e nem segui-Lo... Escolhemos viver na opulência, com as grandezas que encantam os olhos do corpo; tivemos mesas fartas e facilidades que as riquezas passageiras proporcionam... diferentemente de Paulo de Tarso, que deixou a riqueza e transformou-se num pobre peregrino.

E, quando o Apóstolo dos Gentios, após o contato com o Mestre foi enfrentar um rústico tear para sobreviver enquanto pregava a Boa Nova, nós, desde aquele tempo, preferimos a transitoriedade do mundo.

E é por isso que ainda estamos mais vinculados à Terra do que ao Plano Espiritual; pois o ouro do mundo, que nos tem perdido através dos tempos, não tem a pureza e nem consegue alçar-se às alturas como um pensamento iluminado que somente a consciência tranquila tem, por ter nascido de um coração repleto de amor.

Dias virão, entretanto, em que os homens, um a um, deixarão de dar maior importância aos tesouros da Terra, para adotarem a riqueza que, **...os ladrões não roubam, nem a ferrugem e as traças consomem.** – *Jesus* (Mateus Cap. 6 v. 20); essas criaturas passarão a usar as coisas do mundo, enquanto estiverem no mundo, mas de uma maneira certa, sem se escravizarem a elas.

Quase que a totalidade dos nossos desacertos

enquanto jungidos ao corpo físico, devem-se a nossa falta de buscar **em primeiro lugar o Reino de Deus e a sua Justiça, para que tudo o mais nos seja dado por acréscimo** – Jesus (Mateus Cap. 6 v. 33)

Se não temos buscado o **Reino de Deus,** é lógico que temos preferido buscar, no imediatismo do mundo, aquilo que nos favoreça de pronto, e essa busca nem sempre fizemo-la de maneira correta; assim, nos desviamos do caminho certo para efetivarmos as nossas conquistas, e estivemos sempre sujeitos à **Justiça Divina.**

Procuremos, aqui ou na Terra, dar o melhor de nós, pois o Cristo de Deus nos dá sempre o melhor... As criaturas, via de regra, pedem, e pedem sempre, no entanto, são como crianças que pedem uma porção de guloseima, mas por ainda não terem as mãos desenvolvidas, não conseguem retê-las segundo os seus desejos.

Comparemos as bênçãos do Pai como os pingos da chuva: os que trabalham, que amam e servem em nome de Jesus, têm uma capacidade de captação bem maior do que os que vivem na ociosidade, ou que vivem cometendo desatinos. Aparar chuvas de bênçãos com recipientes minúsculos, ou sujos, não vale a pena...

O Evangelho de Jesus está repleto de ensinamentos... Ele é o Manual Divino ensinando às criaturas a maneira de se viver bem na Terra e, quando realmente praticado, vai se incorporando em cada criatura, transformando-se no Código Divino que direcionará as criaturas aos Céus.

Estejamos atentos em nossa caminhada; procuremos estar com os corações repletos de amor e as mãos ocupadas no serviço do bem, pois pode acontecer de uma dia depararmo-nos com a mesma condição de Saulo de Tarso diante do Senhor... Será que teremos condições de perguntarmos ao Mestre: **Senhor, o que queres que eu faça?**

"Muita paz, muita luz, muito amor em cada coração... Busquem sempre o caminho do bem sem esmorecimentos, pois ***não haverá vitórias sem lutas e nem colheitas sem trabalho.***

Que Jesus nos abençoe e que Sua Santíssima Mãe nos proteja, hoje e sempre!"

Após o retorno da edificante palestra, estando em conversação amistosa, Osvandir, o mais reservado de todos, pediu licença e começou a falar:

– Desculpem-me se às vezes não participo tanto das conversações de vocês. Felix, o nosso querido assistente, disse-me que expor os nossos problemas aos amigos é bom, pois além de ser uma prova de humildade nossa, de confiança que devemos depositar nos companheiros de provações, a simples exposição de nossos problemas alivia-nos bastante.

E, com a voz trêmula pela insegurança que ainda o dominava, se esforçou e começou a contar a sua triste história:

Nasci num dos bairros da capital paulista no comecinho de uma noite tempestuosa. Meus pais contavam que foi uma noite de forte aguaceiro, alagamentos, muito vento e até um demorado apagão no bairro onde o hospital em que nasci estava localizado; por muito pouco, não vim à luz do mundo, no escuro...

Juro que muitas vezes cheguei a pensar que os desacertos e os estados melancólicos da minha triste vida tinham algo a ver com a noite em que nasci.

Meu pai era uma boa pessoa, mamãe também. Eu era filho único e fui criado com muito mimo pelos dois.

Hoje, depois de ter aprendido muito aqui, no Maria de Nazaré, sei que papai, apesar de ser considerado um homem bom, era uma pessoa materialista. Nunca foi de procurar uma religião e não gostava que mamãe o fizesse e, muito menos, que me levasse com ela aos domingos à missa. Assim, cresci pensando como papai: que as coisas reais, verdadeiras, eram aquelas que poderiam ser apalpadas pelo simples toque das mãos.

Porém, por estar vinculado a erros do passado, sempre, sempre me via envolvido durante o sono com pesadelos terríveis, quando então acordava aos gritos e sob os chacoalhões de mamãe a me chamar.

Dificilmente passava uma semana sem que o mesmo tormento se repetisse. Apesar de a gente ter condições, pois papai ganhava "super bem", ele não permitia que minha mãe procurasse ajuda; ele dizia que os médicos não tratavam essas coisas e que "rezas e benzimentos" eram besteiras. Que eu passava tempo demais assistindo a filmes na televisão e que aquilo nada mais era do que manha de uma criança mimada. Coitada da mamãe... Limitava-se a pedir a ajuda do Padre Lauro, e que nunca deu resultados, pois quem precisava orar, éramos todos nós.

Dias atrás, o irmão Felix me confidenciou que, numa de minhas existências anteriores, fui chefe da guarda de uma prisão na Velha Europa e que torturava de maneira desumana e sem medida, as pobres criaturas aprisionadas pela Inquisição e, que os pesadelos de minha infância nada mais eram do que clichês mentais a ressurgir do meu passado culposo.

Depois das informações obtidas do generoso benfeitor, comecei a rememorar os pesadelos da infância e, juntando tudo o que consegui me lembrar, constatei que realmente o bondoso Felix estava com a razão. Meus pesadelos tinham tudo a ver com a mais negra página da nossa história, a Inquisição.

Lembro-me de que certa vez... Desculpem-me pelo pranto e pelo nervosismo. Não são somente lágrimas de vergonha, que agora estou sentindo, mas principalmente, de remorso pelo que fiz: mandei que dois de meus subordinados arrancassem de dentro de um cubículo escuro onde estava aprisionada, juntamente com seu pai, uma jovem de seus quinze anos e que a levassem à noite até ao meu quarto; assim que a vi, esquelética, despenteada, quase mandei levá-la de volta, porém, solicitei que os dois guardas acordassem Eleonora, minha empregada, para que desse um banho e que a perfumasse, e aí então pude ver o quão bela era.

A pobrezinha tremia e chorava, não sei se de ódio, ou de medo pelo que pressentia que estava para acontecer.

Sim, meus amigos, eu abusei da pobre moça o quanto quis; dos seus lábios, do seu corpo, da sua inocência... E depois pedi que os mesmos homens a levassem de volta para aquela fétida prisão.

No dia seguinte, quando entrei em serviço, os corredores daquele inferno estavam em grande alvoroço. Foi quando fiquei sabendo que o pai daquela jovem tinha se matado ao saber que sua adorada filhinha fora brutalmente violentada. O pobre pai, usando algo cortante, seccionou os pulsos e, me amaldiçoando, agonizou, até todo o sangue se esvair gota a gota.

Outro pesadelo que atormentou muito a minha infância, também se assemelha à revelação obtida numa outra sessão de tratamento, desta vez com o concurso amigo de Jonas Duprat.

Até atingir os dez anos, frequentemente eu

me via em sonho dentro de um labirinto de onde tentava sair, mas sem resultados; andava de um lado para o outro e não conseguia encontrar uma saída. Apavorado, ouvindo chacotas e gargalhadas, corria em diversas direções e, naquela ansiedade por me libertar, uma fome e uma sede enormes começavam a me torturar.

Então, como miragens num deserto, apareciam pratos saborosos e jarras cheinhas de água, mas ao tentar alcançá-las, uma mão invisível as arrastavam para bem longe de mim. E, desses pesadelos, eu acordava molhadinho de suor e com uma sede imensa.

Jonas Duprat, quando questionado por mim sobre esses pesadelos, esclareceu-me que, na prisão onde o Santo Ofício mantinha os supostos transgressores da fé católica, o meu passa-tempo predileto era arrastar as vasilhas de comida dos míseros prisioneiros, gargalhando, enquanto eles se esticavam até as grades, rastejando como serpentes para poderem alcançá-las.

Não foi à toa que passei toda a minha infância

lutando com as influências desconhecidas, que me exauriam todas as forças e me levavam a uma profunda prostração.

Acredito que, naquele tempo, mesmo que eu buscasse a ajuda de um psicólogo ou psiquiatra, não obteria um resultado satisfatório. A não ser que os referidos profissionais fossem espíritas e buscassem as causas, para tratar os efeitos.

Como tudo seria diferente se meus pais buscassem na Doutrina Espírita o remédio para os meus males... Porém, como eu poderia ter pais especiais, se fui no passado um monstro sem entranhas?

Assim, passei a minha infância sem disposição para brincar como faziam todas as crianças; sem ter ânimo para passear com meus pais, quando iam. Eu vivia sempre taciturno, melancólico e muito arredio.

MINHA ADOLESCÊNCIA

Muito diferente dos demais jovens de minha

idade, eu ia de casa para a escola e da escola para casa e nada mais. Na escola, me chamavam de "Osvandinho mudinho" pois dificilmente alguém me arrancava uma frase da boca.

Em casa, também só respondia o que me perguntavam, e a maior parte do tempo me trancava no quarto, ou me assentava em frente ao aparelho de TV e ali ficava... muitas vezes, vendo imagens diferentes daquelas transmitidas pelas emissoras.

A minha vida era assim: um dia depois do outro, tendo no meio uma noite para me infernizar.

Quantas e quantas vezes lutei para permanecer acordado, mas o cansaço me dominava e, tão logo dormia, eu era transportado para o mundo dos pesadelos e de lá retornava aos gritos.

Ao atingir os dezessete anos, não mais suportei aquela passividade e me rebelei contra aquele estado de coisas. Parece-me que aquela vontade de me tornar violento partia de mim, mas não, eu estava começando, a partir daquele momento, a ser joguete de forças que me dominariam até o dia quando, desgraçadamente, pensei que com a morte meus tormentos teriam um fim.

Aquele meu comportamento deixou a nossa casa de pernas para o ar; eu nunca tinha visto o meu pai, até então calmo, de temperamento moderado, se apavorar e perder as estribeiras.

No dia seguinte, fui levado por eles a um psiquiatra e, baseado nas informações dadas por mamãe, o médico, com uma expressão enigmática, falou:

– O tratamento de casos assim, deve começar desde os primeiros sintomas do desvio comportamental... Por que somente agora vocês estão procurando um médico?

Mamãe olhou para meu pai e não ousou responder a pergunta... Talvez querendo obter mais detalhes sobre o meu problema, o psiquiatra solicitou à mamãe que me levasse até a ante-sala, pois ele precisava conversar a sós com papai.

O que eles conversaram naquele dia eu jamais consegui saber. Só sei que, dentro de dois dias, eu estava dando entrada numa casa de tratamento para loucos.

NO SANATÓRIO

Companheiros queridos, o que sofri naquele lugar não desejo nem a um cão sarnento e nem para o pior inimigo...

Hoje avalio o sofrimento que causei no passado aos prisioneiros da Inquisição! Naquele tempo, com toda certeza, muitos corações sensíveis, de tanto serem torturados, se destrambelharam diante das injustiças dos homens da Igreja. Eu, ali, como um farrapo humano, pelo menos quando sedado, simplesmente dizia coisas desconexas e babava muito.

No primeiro mês de internação, recebi a visita de papai e mamãe; diziam-me que eu sairia logo dali e que, enquanto eu ali permanecesse, eles viriam me visitar todos os domingos.

No segundo mês, somente apareceu mamãe,

e teve que vir de ônibus, pois papai disse que não tinha coragem de ver um filho seu naquelas condições.

A minha permanência naquele sanatório serviu para que eu expurgasse certos deslizes das vidas anteriores, e também para ter a certeza de uma coisa: ***"O amor de mãe, se não se pode equiparar ao amor da Mãe de Jesus pela sublimidade, pelo menos, pode chegar a níveis altíssimos, quando esse amor se mescla a tanta renúncia".*** Foi o caso de mamãe...

Quando a coitadinha percebeu que papai tinha lavado as suas mãos quanto ao meu destino, começou a procurar nas religiões um pouco de alento para os seus dias. Foi o suficiente para comprar uma briga feia com papai e conseguir ser abandonada por ele.

Infelizmente, quando ela apareceu com os seus irmãos de fé a fim de orar por mim no sanatório, eu já estava "mais pra lá do que pra cá". Suas orações, seus bonitos hinos, apenas me deixavam mais atarantado.

O LOUCO DA ENFERMARIA 13...

Permaneci como interno daquele nosocômio durante quatro anos e, algumas vezes, escondendo os medicamentos sob a língua e depois jogando fora, consegui manter um certo grau de lucidez. Nesses momentos, quantas coisas erradas eu pude presenciar!

Eram maus tratos, violência na condução dos pacientes de um local para outro, e até mesmo agressões, por parte de pessoas que eram assalariadas para minorar o sofrimento, e não para espancar.

Eu mesmo, algumas vezes, ao ser conduzido ao pátio para que fossem lavados os quartos, fui empurrado violentamente, tendo quedas que me fizeram os braços e a testa sangrarem.

Infeliz da criatura que perde a razão e se vê obrigada a amargar os seus dias nas dependências de um sanatório. Creio que não são todos iguais; que existam criaturas abnegadas que fazem da enfermagem um sacerdócio. Que existam dirigentes conscientes que coíbam as atrocidades para com os chamados "loucos".

Eu nunca fui de filosofar e nem de muitas leituras, principalmente da história sagrada, mas eu creio que exista uma inversão no conceito do vocábulo **louco**. ***Louco não é aquele que fica babando e falando palavras sem sentido, mas aquele que vive cometendo desatinos por toda a vida e nada faz para se melhorar. O louco, quase sempre, como foi o meu caso, está resgatando um passado de culpas, e aquele que tem plena capacidade de raciocinar e comete loucuras está semeando para colher mais tarde.***

A minha vida, portas adentro daquele sanatório, era a de um autômato. Se me deixassem, eu permanecia o dia todo no leito, e se me levassem para fora do pavilhão para tomar sol e me esquecessem, lá eu ficava.

Mamãe continuava a me visitar todos os domingos. Às vezes, vinha em companhia de algum conhecido, ou de irmãos da igreja que frequentava e, ao seu lado, eu me sentia feliz, muito feliz. Com a sua presença eu conseguia me lembrar de papai, da nossa casa e alguma coisa acontecida na minha infância.

Um dia houve em que mamãe não apareceu... Todas as visitas dos companheiros vieram e foram embora, e nada de mamãe chegar.

Naquela tarde fiquei furioso, violento e, apesar de lerdo pelo efeito da medicação, dei trabalho aos enfermeiros e cheguei até a agredir um...

Por me tornar violento, fui trancado num quarto escuro onde me aplicaram diversos choques elétricos. Não sei bem ao certo, mas talvez, devido aos choques recebidos, aqueles malditos pesadelos retornaram e com força total.

Passei o que restava daquela noite a me debater com forças implacáveis e desconhecidas; já não me sentia o louco abobalhado e sofrido da enfermaria 13, mas, sim, como um simples e indefeso coelho a fugir de um tigre faminto. E, para me levar ao máximo do delírio, durante todo o pesadelo ouvia vozes e gargalhadas a zombarem de mim, dizendo: "Você não é da turma do todo poderoso que obrigou a muitos abjurarem suas crenças? Que obrigou a mim e à minha família a fazer uma vergonhosa peregrinação debaixo de apupos do populacho?"

Despertei daquele terrível pesadelo vertendo suor às bicas e quase sem fôlego. Uma sede escaldante me secara a garganta e minha sibilante respiração se fez ouvir dentro daquele cubículo mal iluminado do sanatório.

Sem pensar duas vezes, com o desejo enorme de me livrar de uma vez por todas daqueles pesadelos infernais, apalpei a vidraça mal iluminada pelas lâmpadas de fora e encontrei um vidro quebrado, o arranquei e, usando-o como uma lâmina, retalhei o pulso e desfaleci minutos após.

Com toda a certeza, no dia seguinte, ao abrirem aquele cômodo para me levarem à enfermaria, disseram:

– Um dos loucos da enfermaria 13 se matou...

ACORDANDO NO VALE...

Se é que existe um inferno, esse é o lugar... Foi o primeiro pensamento de que tenho lembrança depois de ter saído do sanatório.

Não é fácil encontrar nos dicionários da Terra as palavras que possam detalhar, com exatidão, o que sente um espírito expulso do corpo, quando este tombou como uma casa velha depois da tempestade. Sente-se como um gato preso num saco, jogado em local distante...

Eu me senti assim, quando fui arrastado por uma força estranha, e jogado naquele local horrendo. Senti-me como uma fagulha de ferro atraída por um poderoso imã; não sabia que local era aquele e nem tampouco de onde eu estava vindo. Talvez, em outras circunstâncias, eu tivesse me rebelado, porém, depois de entrar e sair diversas vezes de terríveis pesadelos, um a mais não iria fazer nenhuma diferença.

Vocês, como eu, que já estagiaram por lá, conhecem tão bem o que é o vale dos suicidas. Um pouco de tudo, menos de boas coisas... Uma mescla de loucura, revolta, pavor e uma ânsia incontida de acordar de um terrível pesadelo.

Depois de todos esses anos de tratamento carinhoso por parte dos abnegados benfeitores deste hospital, posso dizer que tudo o que sofri foi somente uma parte do que fiz sofrer os pobres seres atingidos pelas garras da Inquisição.

E hoje, os tormentos que às vezes me avassalam a mente, devem-se à preocupação que tenho pelos meus familiares, principalmente por mamãe.

Nós, que falhamos na valorização da vida, perdemos o direito do ir e vir e, assim, não consegui permissão para visitá-la; no entanto, pela bondade do Irmão Felix, pude ficar sabendo que a pobrezinha já está fora do corpo físico. Abandonada pelo papai, desencarnou na miséria pronunciando meu nome e foi socorrida na hora extrema pelos irmãos de crença.

Papai está ainda entre os "chamados vivos" e está vivendo com uma mulher bem mais nova do que ele, e que sempre o traz sob rédeas curtas... Diferentemente de mamãe, que o obedecia em tudo.

TRISTE FUTURO

Na semana passada, o Doutor Raphael Minardi tocou de leve na minha necessidade quanto ao futuro; segundo ele, é de suma importância o meu empenho, pois o sucesso de qualquer realização dependerá sempre do esforço empregado.

Com jeito para não me chocar, o abnegado benfeitor me passou, em breves traços, o que poderei ser na próxima existência corporal. Alguém que deverá renascer desprovido dos braços, uma vez que os utilizei como Osvandir para cometer um dos maiores delitos contra a lei de Deus, o **suicídio.**

Deverei comer o pão do mundo dado por mãos alheias, deverei me esforçar muito para me adaptar à nova vida e esse esforço, através do tempo, me capacitará diante das leis da vida; quem sabe, num corpo defeituoso, aprenderei, com sacrifício, a buscar as luzes interiores.

Nesse momento, o Assistente Leonardo adentrou naquele quarto e a conversação foi interrompida.

Leonardo viera avisar Irineu Vilani que o Doutor Silvestrini queria lhe falar... Vilani, ao ser convocado assim de repente, ficou um tanto apreensivo, pois se esquecera do pedido que fizera a Silvestrini, para descer à Terra em visita à família.

Levantando-se do local onde estava assentado, circunvagou o olhar para os companheiros e disse:

– O que será que o nosso diretor quer falar comigo? Não tenho a menor ideia do que seja…

Hélcio Tavares, levantando-se, bateu no ombro do amigo e lhe disse:

– Fique tranquilo, Irineu, neste local abençoado onde estamos estagiando pela bondade de Deus, não pode haver lugar para sobressaltos. Vai, que o Doutor Silvestrini te espera…

VISITANDO A FAMÍLIA...

Irineu Vilani, com passos firmes, mas com a respiração acelerada pela falta de controle emocional, deu dois toques na porta da sala do Doutor Marco Silvestrini e este apareceu abrindo-a e mandando-o entrar.

Depois de se assentar confortavelmente, falou um tanto encabulado:

– O senhor quer falar comigo, doutor? Estou às suas ordens…

— Quero sim, Vilani... Como você está se sentindo ultimamente?

— Tudo bem, doutor, um tanto envergonhado pelo trabalho que lhe dei quando forcei uma visita aos meus familiares, sem ter merecimento...

— É justamente sobre essa visita que quero lhe falar... Pelas informações obtidas através dos assistentes, sei que o irmão está se esforçando muito no tratamento, e fez por merecer o que vou lhe propor agora: uma breve visita para rever sua família.

O ex-industrial, não cabendo em si de contentamento, começou a chorar de alegria.

— Nossa, que maravilha, poder rever a minha Rosemary, meus dois filhinhos... Poder rever o mar, as praias da querida cidade maravilhosa...

— Só lhe peço uma coisa, Irineu, procure controlar as suas emoções; emoções exacerbadas costumam gerar muitos conflitos. Amanhã, uma equipe descerá à Terra, mais precisamente à cidade do Rio de Janeiro, a fim de vincular um dos nossos assistidos a um novo corpo. Você descerá com eles, tendo por companheiro o assistente Leonardo. Obedeça-o em tudo e esteja preparado, pois quando um pai se suicida deixando a família ao desamparo, os que ficam se desestruturam e os resultados serão sempre imprevisíveis.

– Pode ficar tranquilo, Doutor Silvestrini, tudo farei para entender e aceitar qualquer mudança, e vou ser forte se surgir algum contratempo. Muito obrigado por tudo e que Deus o abençoe por me dar esse presente.

No dia seguinte, quando as primeiras estrelas começavam a brilhar no céu que cobria a "cidade maravilhosa", aquela equipe espiritual chegava ao seu destino. O assistente Leonardo e Irineu Vilani, desejando paz à equipe em serviço, se despediram do grupo e tomaram o rumo da antiga residência de Vilani.

Por aquelas horas, os escritórios e os bancos já tinham encerrado seus expedientes, e pelas ruas, somente pessoas apressadas em seus carros, outros se apertando nos pontos de ônibus para chegarem rapidamente aos seus lares.

Vilani, antigo morador daquela cidade, como um gentil guia turístico, todo feliz pelo retorno ao antigo lar, disse ao abnegado assistente:

– É por aqui o caminho que nos levará ao meu querido lar.

Leonardo o corrigiu com bondade:

– Desculpe-me, Vilani, o amigo não está se esquecendo de nada?

– Ah! Oh, sim... O lar de minha esposa e de meus queridos filhinhos...

Leonardo ia informá-lo de que houve mudanças depois de sua partida, mas querendo avaliar o aprendizado do tutelado, simplesmente o acompanhou.

É claro que o assistente Leonardo não precisaria caminhar como um encarnado, poderia volitar, mas para deixar Irineu mais à vontade, simplesmente caminhou a pé, seguindo-o até a sua antiga moradia.

– É aqui – disse satisfeito o antigo industrial – Vamos entrar, querido Leonardo, e se sinta como se estivesse em sua casa.

Porém, à medida que iam adentrando a bela casa, Vilani cada vez mais ia se assustando; eram outros os moradores e proprietários da casa. Tudo estava diferente... Outros móveis, outras cortinas, outros carpetes.

Irineu Vilani ficou tão confuso, que não sabia se saía correndo ou se continuava a verificar todas as dependências da casa para se certificar de que estava enganado.

Foi quando Leonardo veio em seu socorro, e assim falou:

– Calma, meu irmão... Não se apavore, pois quando as criaturas deixam o apavoramento comandar suas ações, acabam se perdendo de vez. Acompanhe-me que eu o levarei até onde mora sua ex-esposa...

Vilani ainda estava sob o efeito da decepção que sofrera na antiga casa, que nem percebeu a alusão feita sobre sua ex...

Dentro de poucos minutos, os dois habitantes do Maria de Nazaré chegaram a uma casa mais simples em outro bairro e, antes de entrarem, o generoso assistente considerou:

– É aqui que agora residem os seus familiares; entremos, mas não se esqueça da advertência feita pelo nosso nobre diretor... esteja preparado no caso de surgirem novas surpresas!

MUDANÇAS QUE A VIDA IMPÕEM

Ao entrarem, Irineu pôde ver que o padrão de vida de sua antiga família tinha caído bastante. Um carpete vermelho, um pouco desbotado, cobria o piso da sala onde dava para se ver a falta de algumas peças, um televisor antigo em frente a um sofá e duas poltronas vermelhas bastante surradas.

No entanto, um quê incompreensível para Vilani, uma paz existia, que fazia aquele lar ser doce e aconchegante.

Enquanto o antigo carioca observava os móveis e suas disposições, chegava da cozinha uma voz que para ele era inconfundível:

– Filho, cuidado com a hora, se você perder o próximo ônibus, chegará atrasado na faculdade...

– Já estou indo, mamãe, só estou pegando o trabalho encomendado pelo professor.

Um tanto indeciso, estava sem coragem para continuar... Porém, decidiu afinal e encaminhou-se para a cozinha. Lá estava a sua adorada Rosemary terminando sua refeição ao lado de Celina e de um homem desconhecido.

Foi um outro choque para aquele espírito amoroso que, dirigindo-se tristemente ao assistente, assim desabafou:

– Meu Deus, o que fiz eu para merecer uma sorte assim tão ingrata?

– Acalme-se, Vilani. Lembre-se de que os efeitos desagradáveis que o irmão está agora sentindo têm uma causa. A causa sempre antecede os seus efeitos; e essa causa, você deve se lembrar, foi o seu suicídio...

Vilani, soluçando como criança, aproximou-se de Leonardo e este o enlaçou em seus amorosos braços e assim falou:

– Fique tranquilo, querido amigo, não há motivos para se lamentar. Sua esposa e seus filhos estão amparados. Com um padrão de vida diferente, é claro, mas Ramiro, o novo esposo de Rosemary, é uma boa pessoa; ama-a e também aos enteados, tratando-os como filhos do coração. Existem casos em que, depois do suicídio do chefe da família, esta se perde em desespero e a família se desfaz, muitas vezes tomando, cada um, caminhos tortuosos e não recomendáveis.

– É, meu querido Leonardo, eu devo agradecer a Deus e não recriminar, nem mesmo em pensamento a atitude de Rose. Ela está lutando como pode e, pelo que deu para perceber, Célio está até fazendo faculdade... Mas, e Celina?

– Também conseguirá. Quando seu filho terminar seus estudos, com certeza conseguirá um emprego mais rentável e, assim, ajudará a custear os estudos da irmã.

– Desculpe-me, querido Leonardo, se estou agindo como um investigador, a perguntar sem parar... O que será que aconteceu com a Confecções Neuvile?

– Pelo que estou sabendo, Rosemary e seus dois irmãos, que são advogados, conseguiram moratória para algumas dívidas e, num esforço árduo e constante, conseguiram vender os veículos, as máquinas e todo o estoque de matéria-prima existente. Foram pagando os direitos trabalhistas e fornecedores e, depois, numa última etapa, venderam a pequena fábrica e a bela casa em que vocês moravam, para poder pagar os impostos e as contribuições sociais em atraso. Feito isso, Rosemary, ajudada por seu pai, conseguiu se empregar num banco e, depois de três anos, ao conhecer Ramiro, casou-se novamente. E o resto você pode constatar com seus próprios olhos.

Sentindo-se deslocado diante das circunstâncias e aceitando como vitória a reviravolta que Rose conseguiu dar no desastre causado por ele, Irineu Vilani disse ao abnegado guia que gostaria de voltar ao Maria de Nazaré, no que foi prontamente atendido.

Naquele instante, com os olhos marejados de pranto, aquele pai amoroso osculou o rosto de Celina, a testa da ex-esposa e abraçou fraternalmente Ramiro e, por último pediu para ir até a faculdade, pois queria também beijar o rosto de Célio.

Eram umas vinte e duas horas no horário terreno, quando Irineu se aproximou de seu filho, beijando com carinho o seu rosto. Célio, no momento, sentindo um arrepio inexplicável, lembrou-se do pai falecido, se benzeu e disse em pensamento: "Que Deus o ajude".

Quem, com dom suficiente para ver além da matéria, pudesse observar aquele pai chorando de emoção ao lado do filho, teria razões de sobra para dizer: ***"Obrigado, ó! Deus, Pai de Amor e Bondade, pela continuidade da vida e pelas bênçãos do amor!"***

Naquele instante, Irineu Vilani, tomando a mão do mensageiro celeste estendida, disse:

– Estou pronto, vamos, meu querido Leonardo; o que aprendi nesta noite vale por um demorado curso de espiritualização. Que Deus seja louvado!

E aquele espírito, agora mais esperançoso, guiado pelo querido Mensageiro Celeste, deixou a "cidade maravilhosa" alçando voo rumo ao Hospital Maria de Nazaré, enquanto milhões de estrelas cintilavam na abóbada azul do céu.

QUESTÃO 991

– Qual é a consequência do arrependimento no estado espiritual?

– *O desejo de uma nova encarnação, para se purificar. O Espírito compreende as imperfeições que o privam de ser feliz, e, por isso, aspira a uma nova existência, em que poderá expiar suas faltas.*

(*O Livro dos Espíritos,* Cap. II – Penas e gozos futuros, IDE Editora.)

Capítulo 7

DIFÍCIL RESGATE

Seus futuros renascimentos eram os assuntos de que mais se falavam quando se agrupavam aqueles companheiros; era imprescindível se pensar no futuro, uma vez que estavam internados há vários anos, e existiam criaturas à beira da loucura nas trevas do vale precisando de ajuda e alojamento. Não que o diretor do hospital e seus assistentes os pressionassem de alguma forma, porém, cada um, em particular, queria dar um novo rumo às suas vidas, para esquecerem o malogro da vida anterior.

Osvandir já tinha se decidido... Voltaria ao

cenário terrestre sem os braços e, confiante, iria fazer de tudo para vencer.

Hamilton iria renascer na Amazônia e viver como um negociante no ramo da pesca e, por isso mesmo, sempre sujeito a enfrentar as inundações dos rios e a lutar com um sério problema respiratório. Trabalharia alucinadamente tentando enriquecer e fazer feliz sua única filhinha, Isabelita, que ficaria órfã de mãe ao nascer. Isabelita, depois do falecimento do pai em um acidente de barco, iria usar a riqueza deixada por ele, na construção de um abrigo para proteção às crianças ribeirinhas. Nem é preciso dizer que o antigo jogador iria devolver à mãe os valores consumidos no jogo de cartas.

Assim, Hamilton, além de contribuir em prol das crianças necessitadas, ver-se-ia isento da culpa de ter depredado o patrimônio de Maria Rosa.

Na Justiça Divina, tudo se encadeia perfeitamente... Repara-se o passado culposo e constrói-se um futuro promissor, sempre objetivando o bem e o crescimento espiritual das criaturas.

Naquela manhã, após o regresso de seus tratamentos, os amigos, agora já mais encorajados, perguntaram a Irineu como se saiu na visita que fez aos familiares.

Irineu Vilani, recordando a decepção sofrida na noite anterior por encontrar tudo tão diferente de suas expectativas, respondeu:

– Foi tudo bem; sofri com a mudança havida na vida de meus familiares devido ao meu suicídio, mas eles estão amparados com as graças de Deus. Mais pobres materialmente falando, mas estão lutando e certamente vencerão.

A resposta sincera e objetiva não dava

margem a mais perguntas, pois os companheiros, que o destino reuniu naquele hospital, entenderam que Vilani estava sofrendo.

ENFRENTANDO A IDIOTIA

A convivência pacífica entre os companheiros de desditas se fazia cada vez mais crescente, pois o sofrimento, em qualquer parte do mundo, tende a abrandar os corações dos homens levando-os a se ajudarem reciprocamente.

Assim, aqueles espíritos em busca de refazimento e melhora espiritual mantinham-se sempre unidos, encorajando-se uns aos outros e rogando sempre as forças do Alto para seus novos cometimentos.

Irineu Vilani, aproveitando a paz daquele momento, comentou:

– Hoje, na preleção costumeira, o bondoso Jonas Duprat encareceu o dever de todo ser que aspira a ascensão, de ter uma visão de suas necessidades, antes de buscar novos rumos. Depois da bonita exposição, o bondoso guia atenciosamente perguntou-me:

"– O querido irmão deve estar ciente de suas necessidades perante a vida, pois não?"

Mais assustado do que curioso, lhe respondi:

– Sim, sei que falhei no pretérito e estou disposto a voltar ao mundo para preparar um futuro melhor.

E o querido Jonas, após me encorajar bastante, assim falou:

"– Quando, por qualquer motivo, a criatura humana atenta contra a sua própria vida, acaba comprometendo o seu corpo astral. Aquela bala que lhe tirou a vida física marcou profundamente o seu perispírito e, por ter afetado partes sensíveis do cérebro, o querido irmão terá que enfrentar uma vida em completa idiotia."

– Fiquei triste e estou muito apreensivo,

mas também confiante, pois Deus nunca nos deixará órfãos... Na próxima existência apagarei os borrões com os quais manchei a triste página de minha última existência, e, futuramente, terei condições de traçar uma nova história em minha caminhada!

Nesse momento, Márcio Donizete Veiga entrava no quarto, pois ficara conversando um pouco mais com o assistente Felix sobre o planejamento de sua futura existência. Voltava um tanto apreensivo, pois teria que ser muito forte nas provações a que se submeteria.

Ao vê-lo absorto em seus pensamentos, Hélcio perguntou:

– Em que está pensando o nosso amigo músico? Será que está pensando em compor uma belíssima sonata e desbancar Beethoven?

– Ah! Meus amigos, desculpem-me pela distração... Eu analisava as minhas deficiências, face à minha necessidade reencarnatória... tremo só em pensar.

E, diante dos olhares atentos dos companheiros, Márcio Donizete Veiga contou o que tanto o afligia:

Pensem comigo se não é para se entrar em desespero... É claro que é uma proposta, e ainda não é definitiva; vou ter tempo para pensar e me decidir, mas creio que não terei uma alternativa melhor.

Só que estou nas condições daquele devedor que não tem nenhum recurso e sente a necessidade de quitar uma dívida. Porém, essa dívida é alta demais e me sinto acovardado no momento. Não sei se terei estruturas para resgatá-la.

Deixe-me expor a alternativa que se me depara à frente; talvez, no desabafo desse momento, surja alguma palavra que me encoraje a enfrentar o futuro com destemor...

A possibilidade aventada pelo Departamento de Reencarnações seria o meu reingresso na forma carnal, num corpo aleijado. Renasceria no Brasil Central, num corpo defeituoso, tendo que manquitolar a vida toda, trabalharia como agricultor até os quarenta anos e contrair, nessa idade, o pênfigo foliáceo ou "fogo-selvagem", e desencarnaria aos cinquenta e cinco... É claro que, nessas condições, terei que viver durante a vida toda sem o amor e o carinho de uma esposa, de filhos, e amargar durante quinze anos o suplício da terrível moléstia.

Talvez vocês estejam tentando adivinhar qual foi o tipo de loucura que cometi na minha última existência para que meu futuro renascimento seja assim tão complicado, não é? Vou lhes contar a minha vida e como foi que fugi do convívio dos homens...

O MÚSICO

Nasci numa família de músicos. Meu avô era um ótimo saxofonista, meu pai e dois tios também executavam com maestria diversos instrumentos musicais e, por minha vez, nasci com os ouvidos aptos para sentir os mais sutis sonidos de uma nota musical.

Assim, cresci com a mente voltada para a música e desde pequenino já arranhava as cordas de um bandolim que papai me deu de presente no meu quarto aniversário. Aos sete anos, já conseguia solar todos os chorinhos que se gravavam naquela época em discos de vinil.

Estudei como qualquer criança nas escolas convencionais e, depois dos estudos básicos, optei pela faculdade de música.

Nesse tempo, tocando diversos instrumentos, eu conseguia me manter num bom padrão de vida, somente me apresentando nos bailes de clubes e em eventos importantes da época. Vivia rodeado de mulheres e me tornei um perfeito Don Juan.

Por conta disso, além da inveja de muitos colegas, eu ainda era odiado por muitos homens devido ao meu comportamento de conquistador. Não conseguia me contentar com as adulações das solteiras; parecia-me que as casadas eram bem mais atraentes.

E assim levei a minha vida; de conquista em

conquista, sem nunca ter levado a sério nenhum relacionamento. Fiz muitos olhos bonitos se encherem de lágrimas, fiz-me surdo a tantos soluços e, muitas vezes, tive que viajar para longe, somente para me livrar de grossas confusões.

Eu, que tinha os ouvidos sensíveis aos mais suaves sons de uma sinfonia, trazia alojada, na caixa toráxica, uma pedra no lugar do coração.

Lembro-me de que, certa vez, ao envolver-me com uma jovem senhora da sociedade, eu levei a maior surra, tendo que permanecer internado durante quinze dias e depois pagar uma fortuna para que um dentista me consertasse os dentes, pois a agressão sofrida foi encomendada pelo marido, e três brutamontes me deixaram desdentado.

DE CONQUISTADOR A RÉU...

Devido a minha fama de inveterado conquistador, foi necessária a nossa transferência para uma cidade grande onde ninguém nos conhecia, pois os convites para apresentações em bailes e eventos simplesmente foram desaparecendo.

Nessa época, vivíamos somente eu e mamãe, papai já tinha falecido; talvez o fulminante ataque cardíaco sofrido pelo meu querido velho tenha ocorrido devido aos meus desregramentos.

Mudamos na esperança de encontrar portas abertas nas casas noturnas, e assim poder continuar vivendo daquilo que eu gostava e sabia fazer... Porém, a mudança que se fazia urgente e essencial em minha vida, a de um novo comportamento diante da sociedade, nunca aconteceu.

Na cidade grande, com novos costumes e um novo padrão de comportamento, comecei a ser assediado por um tipo diferente de mulher: jovens adolescentes, que viam no novo músico alguém parecido com algum ídolo da época, e tudo começou de novo.

Não adiantaram os conselhos de mamãe; para ela, que ficava em casa, tudo estava indo bem, mas depois do término das apresentações eu sempre estava envolvido com alguém. E, infelizmente, como uma jovem de quinze ou uma moça de vinte anos têm quase a mesma aparência, aquela que "caísse em minha rede era peixe".

Até que um dia, Evelyn, alguém com quem eu mantive um relacionamento mais demorado, disse-me estar grávida... Fiquei furioso, pois aquela gravidez iria mudar tudo. Eu, que nunca quis manter com nenhuma um namoro sério, vi-me forçado a pensar numa saída estratégica. Fugir do envolvimento que tinha com aquela jovem de dezesseis anos daria cadeia na certa; diante da difícil situação, apavorei-me e desapareci... fugi do mapa.

Vivi uns dois meses em outra cidade sem levar mamãe comigo, pois temia que qualquer atitude nesse sentido me complicasse, e eu não queria ser preso. Contei à mamãe, por telefone, o que estava acontecendo e pedi que não falasse do meu paradeiro com ninguém, pois assim que desse certo eu a buscaria.

Assim que consegui acertar uma boa casa para moradia e fechar um bom contrato por seis meses, num famoso clube da cidade, voltei onde morava para buscar mamãe e nossa mudança. Estava dando tudo certo, até que alguém avisou a família de Evelyn, e acabei sendo preso.

Foi triste ver mamãe enxugando os seus olhos cansados, a olhar para mim sem saber o que fazer, tendo a metade da mudança dentro do caminhão e a outra parte, para fora da casa que estávamos desocupando... Confesso que derramei, naquela tarde, todas as lágrimas que deveria ter chorado em outros momentos, quando a fiz sofrer.

Ela, sem saber o que fazer, e eu, sendo arrastado rumo à viatura policial, tentando me desvencilhar e ir ao seu encontro para abraçá-la...

Entre o desespero e incontidos prantos, mamãe me perguntou:

– Meu filho, o que eu faço agora?

A PRISÃO

Nessa altura do relato, Márcio Donizete

pôs-se a chorar... Com certeza, relembrando a amorosa figura de sua mãe, que tudo fez para que ele se emendasse, mas ele, vivendo como um doidivanas, deixou-a no mais triste abandono.

Depois de muito chorar, Márcio pediu desculpas aos companheiros e voltou a contar a sua triste história:

Naquele momento tão triste da minha vida, jamais eu poderia imaginar que aquela seria a última vez que ouviria aquela voz! Pobre mamãe, a coitada teve de amargar dias difíceis em sua velhice, tendo que enfrentar a solidão e, até mesmo, a fome.

Fui levado à prisão, com a alegação de que eu era um aproveitador de menores, pois a família de Evelyn nem quis me conhecer, e fizeram de tudo para que eu permanecesse preso. Enquanto isso, começaram a forçar Evelyn para que abortasse a gestação, que tirasse o bebê... O que aconteceu dois meses depois.

Assim, além de preso, com a culpa de deixar mamãe ao desamparo, agora, com mais um problema a me atormentar a cabeça... A culpa de um aborto delituoso.

Durante os trâmites do processo em que eu figurava como um celerado, eu tinha a esperança de poder rever mamãe e saber de sua vida, porém, nunca ela apareceu e aí comecei a me desesperar.

Num dia de visita, conversei com o pai de um companheiro de cela e contei a minha preocupação referente à falta de notícias de minha mãe. Ele, de boa vontade, se prontificou em me ajudar, e na semana seguinte trouxe a triste notícia: mamãe tinha falecido.

Foi-me triste absorver mais aquele golpe... Se existisse no mundo uma balança para pesar consciências, a minha não poderia ser pesada em nenhuma, pois excederia em muito no peso.

Hoje, quando me viram entrar cabisbaixo e entristecido da volta do tratamento, eu estava rememorando o quão fui desleixado, inconsequente e irresponsável em minha última existência. O abnegado Felix me apresentou a proposta a que já me referi, mas creio não estar preparado para enfrentá-la. O que vocês acham?

Evandro, que acompanhou atenciosamente o relato do amigo, respondeu:

– Desculpe-me, Márcio... Não sei a opinião dos companheiros, mas creio que o mais lógico seria você aceitar. Quando não temos créditos a nosso favor, voltar à Terra em condições de trabalhar será uma bênção...

– É, eu não tinha pensado nesse pormenor... O nosso querido Osvandir, que renascerá sem braços, nem terá condições de trabalhar!

Agora, com o semblante mais calmo, certo de que não estaria abandonado pelo Pai Celeste, Márcio continuou a sua narrativa:

A FUGA

Amarguei diversos anos de tristeza e

solidão atrás das grades, sem nunca ter recebido uma visita sequer, pois não tínhamos parentes por perto; a nossa família veio de Belém do Pará e perdemos o contato com os demais.

Meus dias atrás das grades eram como a vida de um rouxinol preso numa gaiola... Com uma diferença: a pequenina ave, mesmo presa, poderia cantar, e eu, triste e atormentado por um remorso abrasador, só conhecia a triste cantiga das lágrimas.

Os presos da cadeia em que eu cumpria pena, viviam em constante alvoroço. Por diversas vezes tentaram uma fuga em massa, mas foram descobertos a tempo e a tal fuga ficou somente na tentativa. Porém, a superlotação, as reivindicações não atendidas eram motivos para novas tentativas.

Foi num final de fevereiro, mais precisamente num dia de festa carnavalesca, que uma nova tentativa aconteceu e, desta vez, quase com sucesso, se é que se pode ser considerado sucesso querer burlar a Justiça. Eu era um dos fugitivos.

Dois meses antes, teve início a construção de um túnel a partir do canto de uma das celas, e nele trabalhavam à noite todos os presos se revezando. Quando se aproximava o dia, antes da troca dos guardas e carcereiros, o buraco da cela era coberto com colchões e, assim, o túnel para a liberdade ficou pronto uma semana antes do carnaval.

Na madrugada de sábado para o domingo, foi posto em execução o plano de fuga... Estávamos conseguindo nos evadir com sucesso, quando alguém da vizinhança percebeu o que estava acontecendo e ligou para a delegacia. Aí tivemos que entrar naquela de, "salve-se quem puder".

Eu vi diversos companheiros a minha frente serem recapturados e me embrenhei num carrascal para poder salvar a pele e não ter que retornar àquele inferno. Porém, fui perseguido implacavelmente e, diante de diversos homens armados até os dentes, não pensei duas vezes: atirei-me na frente de um trem que passava pelo local naquele momento...

Não consegui perceber o que aconteceu... Foi como se aquela locomotiva tivesse alguma propriedade não conhecida pelos homens do mundo. Vi-me atirado a um local escuro, mas tendo a certeza de que o limpa trilhos daquela máquina, como uma mola em espiral, estivesse me levando até aquele lugar tenebroso.

Um tanto atordoado pelos gritos dos policiais e outro tanto devido ao barulho ensurdecedor do trem em alta velocidade, confusamente questionei: o que está acontecendo? Onde estou?

E, mais espantado fiquei quando ouvi a voz do sargento dizendo: “Coitado, ficou mais esquartejado do que o próprio Tiradentes.”

Hoje eu sei que o triste fim que dei ao meu corpo na existência anterior custar-me-á sofrimentos e lágrimas acerbas no futuro, mas aprendi com o querido irmão Felix que, ***“para apagarmos das nossas mentes as lembranças*** *de um triste fim, basta apegarmo-nos com Deus e iniciarmos um novo começo".*

Uma coisa me espicaçava a curiosidade: por que, mesmo sendo jogado no vale dos suicidas, eu continuava a ver meu corpo destroçado à beira de uma linha e ouvir vozes à distância?

Nem foi preciso formular uma pergunta verbal, pois o bondoso Felix me antecipou esclarecendo que, no momento em que fui atropelado pelo trem, continuei ligado ao que restou do meu corpo e, assim, pude registrar tudo psiquicamente.

É desnecessário comentar com vocês, falar dos meus sofrimentos naquele local tão triste... Sofri durante anos a impressão de estar faltando algum pedaço de mim mesmo; a sensação de ver meu braços decepados, de mirar nas poças do charco e ter a nítida impressão de ver o meu crânio estourado...

Ah! como é triste estar certo de se ter falhado grandemente e não ter a mínima condição de voltar atrás...

Se fosse possível refazer a minha medíocre existência anterior, faria tudo diferente... Até poderia ser músico, porém, jamais me aventuraria em conquistas ilícitas e jamais deixaria meus pais no abandono.

– Chico, se você dispusesse de alguns breves instantes para falar a uma pessoa prestes a suicidar-se, que diria a essa pessoa?

– *Diria imediatamente, qual já tenho feito em diversas ocasiões, que a morte não existe como extinção da vida e que convém a essa pessoa uma pausa para pensar nas próprias intenções e revisá-las.*

(Depoimento de Francisco Cândido Xavier, do livro *Encontros no Tempo,* Capítulo *Deus, Evolução e Vida*, IDE Editora.)

Capítulo 8

QUEDA LIVRE

Numa linda manhã, após terem retornado da solenidade pelos cinquenta e cinco anos de Marco Silvestrini, frente à direção daquela casa, os companheiros se reuniram como de costume, e Luiz Antonio Sanches comentou:

– Se não estou enganado, de todos nós, o único que ainda não falou de seu desastre na vida anterior, fui eu... Só peço a vocês que me relevem se eu chegar ao oceano das lágrimas através de meu barco emocional, pois sofro até hoje só em pensar na insensatez que cometi.

E aquele espírito fechou os olhos, talvez na tentativa de trazer à lembrança as imagens da saudosa infância; depois, olhando para os companheiros, falou:

Nasci numa pequena cidade de Goiás, famosa por suas águas termais... Fui o filho mais velho do casal Eudes e Maria do Socorro Sanches; depois nasceram Silvério e Silvana.

Quando nasci, meus pais tinham uma pensão; forneciam refeições e nossa casa tinha capacidade de acomodar até dez hóspedes. Naquele tempo, numa cidade desprovida de indústrias, mas muito procurada por turistas, quem tivesse uma pensão tinha condições de viver muito bem.

Em minha infância nada ocorreu de tão diferente que eu me lembre... Estudei dos sete aos dezoito anos em minha cidade querida e, lá pelos dezesseis anos, me engracei por uma garota de olhos azuis, cabelos cor de ouro, que veio com sua família morar na cidade, devido a problemas de saúde de sua mãezinha.

Eu, que sempre fora um menino calmo e obediente, a partir daquela data tornei-me alguém agitado, um tanto displicente e muito ciumento... E a causa daquela mudança eram os encantos da bela Sofia.

Assim que terminei o colegial, prestei o vestibular numa cidade vizinha e, talvez, levado pela influência de Sofia, que queria fazer jornalismo, eu também resolvi fazê-lo.

Foram mais alguns anos de estudos e de convivência conturbada com ela, por conta do meu temperamento. Era difícil passar uma semana sem que discutíssimos, pois ela era linda demais e alvo de muitos olhares, o que acendia em mim o fogo do ciúme.

Mamãe sempre me dizia: "filho, uma pitadinha de ciúme é um bom tempero num relacionamento, mas o ciúme tem que ser pequeno em relação ao amor que se tem pela pessoa amada." Porém, as palavras de mamãe entravam por um ouvido e saíam pelo outro.

Depois de muitas idas e vindas da faculdade, discutindo, o curso de jornalismo chegou ao fim e o nosso namoro também. Não era possível manter um relacionamento assim; eu não conseguia ter um momento sequer de paz. Para não viver brigando, a gente se separou...

EM BUSCA DE TRABALHO

Nesse tempo, meu irmão Silvério já estava com vinte anos e estudava ainda; ele estava fazendo administração na mesma faculdade em que estudei. Silvana, com dezoito anos, não quis mais estudar, pois sua permanência na pensão era de grande valia, tanto para papai, como para mamãe, na cozinha. Era ela quem cuidava dos assuntos burocráticos da pensão, como fazer anotações, ir aos bancos, ajudava na elaboração de cardápios e fazia as compras.

Mesmo contrariando os meus pais, tentei um serviço em Goiânia, mas nada consegui... Talvez o meu destino esteja em São Paulo – pensava – pois a família de Sofia tinha voltado para a capital paulista e ela já tinha conseguido se empregar. Eu não admitia, mas o que eu queria mesmo era tentar uma reaproximação da antiga namorada.

Deixando papai entristecido e mamãe aos prantos, tomei o rumo de São Paulo, convicto de que iria me dar bem. Até hoje ainda eu me lembro do momento em que o ônibus parou na rodoviária da capital paulista... Chovia bastante, a ponto de haver congestionamento no trânsito.

E, eu pensava quase que arrependido – o que vim fazer aqui nesse lugar, meu Deus? No entanto, agora que já estava ali, eu tinha que enfrentar.

Esperei passar o forte aguaceiro que desabava e, receoso, comecei a andar, sempre atento pelo medo de ser assaltado. Quando vi que tudo serenou e o trânsito fluiu normalmente, deparei-me com o motorista que nos trouxe e pedi informações, dizendo que eu estava vindo de Goiás e que não conhecia nada ali.

Aquele homem, compreendendo a minha situação, perguntou se eu não tinha o endereço de nenhum parente... Respondi-lhe que não, que a única coisa que tinha era o telefone de uma amiga que havia se mudado há uns cinco meses, mais ou menos. Ele aconselhou-me a telefonar para ela e contar a minha situação.

Foi o que fiz... Disquei aquele número e ouvi aquela voz inconfundível, dizendo alô. Identifiquei-me e disse estar na rodoviária e sem noção nenhuma de que rumo tomar. Para sorte minha, naquele dia, quando nos separamos, o fizemos civilizadamente e sem brigas... Caso contrário, eu estaria, naquela hora, "num mato sem cachorro".

Dentro de quarenta minutos, Sofia e seu pai estavam estacionando o carro no local previamente combinado. Foi um grande alívio vê-los ali à minha frente, pois eu temia ser roubado, e até mesmo pela própria vida, tanto os comentários que fazem sobre a famosa "selva de pedras".

Enquanto estava me ajeitando no banco traseiro do carro, eu agradecia pela bondade de estarem me ajudando... Sofia, sorrindo, dizia não ser preciso agradecê-los, pois fariam o mesmo até a um desconhecido.

Um pouco sem jeito, acomodei-me num cômodo que servia de despensa, onde colocaram um colchão; disseram que eu poderia ficar ali até que arranjasse um emprego e tivesse condições de ir para uma pensão ou hotel.

FINALMENTE O EMPREGO

Creio que ninguém se sente bem em casa alheia; não que a família Teodoro me fizesse alguma exigência, mas eu me sentia deslocado e, por isso mesmo, permanecia o maior tempo, possível em meu quartinho... Aproveitava o tempo consultando anúncios de empregos nos jornais e, no dia seguinte, saía à luta.

Após três semanas de estada em São Paulo, fui convidado a comparecer numa empresa onde eu tinha deixado um currículo, dias antes. Barbeei-me, coloquei a minha melhor roupa e lá estava no horário marcado para a entrevista. Existiam duas vagas para Assessor de Propaganda. Fui entrevistado e, no dia seguinte, qual não foi a minha surpresa ao receber um telefonema pedindo o meu urgente comparecimento no escritório da empresa.

Fui admitido e com um salário além das minhas expectativas... Diante da nova situação, conversei com o Sr. Osvaldo, pai de Sofia, e solicitei que me deixassem ficar mais um mês, até que eu recebesse o meu primeiro pagamento e, então, depois de acertar com eles o que lhes devia pela acolhida, eu iria para um hotel.

Aquele chefe de família, demonstrando a maior boa vontade, assim me falou:

– Fique tranquilo, meu filho, você pode permanecer aqui em casa até quando quiser... Quanto a pagar pela acolhida, nem pense nisso. Só sentimos em não poder tê-lo alojado melhor.

Aquele mês foi para mim um dos mais tumultuados na capital paulista; foi difícil conciliar a necessidade de uso dos coletivos e o horário de entrada na empresa. Foi preciso me acostumar a ir mais cedo para o ponto de ônibus para não chegar atrasado ao escritório.

Após receber o pagamento no final do mês, procurei um hotel quase perto da empresa em que trabalhava e me mudei no dia seguinte. Foi constrangedora a minha saída daquela casa, pois todos se mostraram simpáticos e tão amigos, e principalmente devido aos encantos da bela Sofia, que continuava mais linda do que nunca.

Permaneci naquele hotel durante alguns anos, depois adquiri um apartamento e fui morar no que era meu. Nesse tempo, eu e Sofia estávamos namorando de novo... Aí, então, eu já frequentava a sua casa e, muitas vezes, ela e a família vinham me visitar e almoçávamos juntos.

Pouco mais de um ano da reaproximação, numa quinta-feira, casamo-nos, e eu tinha certeza de que íamos nos dar muito bem, pois diferentemente das pequenas cidades onde todos falam de tudo o que acontece, nas grandes cidades, a maioria das pessoas nem se cumprimenta. Não haveria, portanto, motivos para que o meu doentio ciúme nos separasse.

O CIÚME ME ATIROU NUM ABISMO...

O ciúme é uma terrível e perigosa doença; se não houver autocontrole, o relacionamento entre as criaturas ficará insuportável. Seria como uma brasa sob cinzas: ao primeiro sopro de um vendaval, reacende!

Vivemos felizes durante dois anos e nunca me passou pela cabeça que ela seria capaz de me trair, porém, como Sofia começou a chegar mais tarde em casa alegando estar colocando o serviço em dia, comecei a desconfiar.

Tentei descobrir por mim mesmo se realmente ela ficava no escritório, ou se saía em companhia de alguém. Sem saber o que fazer para descobrir o que estava acontecendo, eu dei uma certa quantia a uma garota e solicitei que ela ligasse a um determinado número da empresa em que Sofia trabalhava, e a resposta foi que ela ainda estava na empresa.

O tempo passava, o tal serviço nunca ficava em dia, e eu me sentia cada vez mais desesperado. Mesmo me esforçando para não deixá-la perceber o meu descontentamento por aquela situação, Sofia sempre dizia que o seu serviço já estava quase regularizado e que em breve ela voltaria para casa no horário certo.

Numa segunda-feira de manhã, fui informado de que no dia seguinte eu deveria ir ao Rio de Janeiro e permanecer dois dias por lá, a fim de resolver uns assuntos pendentes junto a um grande cliente.

Naquele dia, assim que cheguei ao nosso apartamento, arrumei numa pequena valise algumas peças de roupas, barbeador, escova, pasta dental, pois iria necessitar, e assim que Sofia chegou, vendo a pequena mala pronta, perguntou:

– O que está acontecendo, Luiz, para que essa mala?

Respondi-lhe serenamente:

– Amanhã cedinho irei ao Rio e deverei permanecer dois dias por lá... Quem faz esse tipo de serviço é o Álvaro, mas ele está em férias.

No dia seguinte, Sofia estava tão amável, tão doce, que se ofereceu para me levar até o aeroporto. Eu lhe agradeci pela gentileza em querer me levar, e disse a ela que às sete horas o motorista da firma viria me buscar, que ela não se preocupasse.

Fui ao Rio e consegui resolver tudo até às dezoito horas; então, telefonei para a agência de viagens e mandei que marcasse o meu retorno a São Paulo no voo das vinte e uma...

Quando cheguei em casa, não apertei a campainha, não quis assustar minha esposa; abri a porta com a chave que sempre carregava comigo e entrei... Entrei e vi o que nenhum homem do mundo gostaria de ver... Minha mulher estava se refestelando com um homem em minha cama.

Dei tamanho grito, que ecoou noite adentro e, com certeza, acordou todos os moradores do edifício; em seguida, atirei com toda a minha força a valise contra o espelho da penteadeira e corri feito um doido, corredor afora, e me atirei do 15° andar...

TRISTE TRANSIÇÃO

Com a queda, que durou uma fração mínima de tempo, pude sentir uma grande mudança em todo o meu ser e... interessante, consegui, nem sei como, ver meu corpo estatelado no piso ao lado do estacionamento e algumas pessoas se aproximando dele. Vi o porteiro se abaixar e passar sua mão me fechando o olho esquerdo, pois o direito estava fora da cavidade ocular e, nesse momento, perdi totalmente o contato com a realidade; senti o horror de uma queda livre e a dura realidade de me ver sozinho nas trevas do vale, já nosso conhecido.

A minha primeira sensação depois do suicídio foi a de estar dormindo sob o efeito de um terrível pesadelo. Pensava em acordar e me ver sobre o leito de um hospital, pois apesar da queda, eu tinha a certeza de ter sobrevivido. Eu não tinha morrido, estava vivo...

Dores terríveis me castigavam, a começar pelos pés, prolongando-se até as pontas do cabelo. Que tristeza, o pesadelo continuava e nada de acordar.

A pior coisa que pode existir para um ser vivente é perder o controle de tudo; não dominar sua própria vontade, estar à mercê de forças irresistíveis e desconhecidas... Tudo isso aconteceu comigo, tão somente porque fui um fraco e suicidei-me.

Coisas horríveis aconteceram comigo enquanto estive nas zonas infernais do vale... Uma delas eram as ininterruptas sensações de queda livre com todo o horror daquele friozinho percorrendo a espinha, que eu não tinha mais... A outra, era a sensação de constatar uma imobilidade fora do comum, quando, com uma voz rouquenha, um ser apavorante se aproximava de mim e dizia: "Você viu o quanto é gostoso empurrar alguém do penhasco?"

Outra coisa que não consegui entender enquanto estive no pavoroso vale, e o assistente Leonardo me pôs a par, é que todas as acusações contra Sofia, mesmo as que mentalmente mamãe fazia, me atingiam de uma maneira direta... Eu ouvia a voz de mamãe acusando a minha ex-esposa e isso fazia com que o meu ódio contra ela, mais e mais aumentasse.

O que me aliviou sobremaneira, foi a intercessão de José Marciano, um amigo de nossa família, quando aconselhou mamãe e todos lá de casa a orar, ao invés de reclamar contra os fatos que jamais poderiam voltar atrás e serem corrigidos.

Somente depois de minha retirada do vale em companhia dos queridos amigos, fiquei sabendo que todo aquele martírio chegou a durar quase dez anos.

Hoje, depois de todo o tratamento, de todos os ensinos recebidos dos abnegados mensageiros de Jesus, das palestras ouvidas aqui no Maria de Nazaré, sei que sou um grande devedor perante a Justiça Divina.

Quantos existem no mundo carregando dentro de si tumores malignos, esforçando-se tanto para permanecerem em seus lares ao lado dos familiares... E eu, com um corpo perfeito, com um ótimo emprego, um belo apartamento e com um carro do ano, joguei tudo para o alto... ou melhor, "me joguei do alto para o vale macabro".

Só espero que, na próxima existência, eu tenha forças para vencer o desafio que me espera. Sei que não vai ser fácil enfrentar uma tetraplegia por trinta e cinco anos, porém, aprendi aqui que Deus não coloca fardos pesados em ombros fracos.

A permanência daqueles amigos no Hospital Maria de Nazaré foi acompanhada com muito amor e dedicação por Marco Silvestrini e seus abnegados auxiliares e, como não poderia ser de outra maneira, chegou a hora de cada um buscar um novo lar na abençoada escola da Terra, onde pudessem aprender a valorizar a vida.

O primeiro a se despedir dos companheiros e empreender a viagem de volta ao solo do mundo foi Hélcio Tavares... Alguns dias antes da sua vinculação aos futuros pais, Silvestrini, seus amigos, além de Felix e Jonas Duprat, estiveram ao seu lado dando-lhe apoio e encorajamento para a nova jornada. Foram momentos gratificantes para Hélcio a companhia dos mentores espirituais e a palavra do Dr.Marco Silvestrini, dando-lhe a certeza de que continuaria vinculado àquele hospital e poderia receber ajuda, desde que se mantivesse no caminho do bem, com luz na mente e amor no coração.

O antigo botânico renasceria no Estado de São Paulo e seu primeiro emprego seria nos canteiros de mudas para reflorestamento de uma grande indústria de papel; assim, teria condições de devolver à natureza um pouco do que se queimou, tanto no incêndio da vida anterior, como nas fogueiras da Inquisição.

Teria uma vida normal até aproximadamente os trinta anos, quando surgiriam os primeiros sintomas de um tumor maligno, indício da lesão causada pelo golpe da faca em sua última existência. A infeliz criatura teria que lutar por longo tempo na tentativa de extirpar as células cancerígenas e, não conseguindo, desencarnaria numa mesa de cirurgia.

Na semana seguinte, nova reunião e mais dois companheiros se despediam dos demais para renascerem entre as criaturas da Terra. Carinhosamente, Silvestrini procurava encorajar e dar as últimas instruções a Evandro Francisco Dantas e Elídio Madureira, solicitando para que não esmorecessem diante dos desafios que encontrariam pela frente, e que procurassem manter os pensamentos sempre voltados ao Pai Criador, para não perderem o vínculo espiritual com o Hospital Maria de Nazaré.

Evandro Dantas renasceria no mundo dos chamados vivos, trazendo complicadíssimos problemas, mais notadamente no esôfago, devido à ingestão da soda cáustica na vida passada.

Elídio iria renascer entre os capixabas, trazendo um problema congênito na laringe devido ao seu enforcamento no passado e que, por lesionar a epiglote, lhe traria sérios transtornos, inclusive na voz.

Assim, aquela equipe de mensageiros do Maria de Nazaré, em cumprimento ao **"Amai-vos uns aos outros, assim como vos amei"**, – *Jesus* (João, 13 v. 34), acabou por enviar à grande escola da Terra, novos alunos, a fim de que buscassem entre os homens o autoequilíbrio para poderem construir um novo amanhã e, no futuro, uma vida mais amena e sem culpas...

No momento da despedida, Silvestrini falou em seu nome e em nome de todos os médicos e assistentes, desejando, a cada um, felicidades na nova tarefa a ser empreendida. Suas palavras, impregnadas de amor e ditas com o coração, ressoavam dentro daquela enfermaria fazendo com que lágrimas abundantes descessem sobre a face de todos os circunstantes:

Hoje, com as graças de Deus e de nossa Mãe Santíssima, estamos encerrando o Ciclo de estudos e tratamento da turma 110/5... Espero que os novos companheiros da Turma 111, e que ocuparão essa enfermaria 5, sejam tão aplicados como foram os que estão se despedindo agora desta casa.

Gostaria de lembrá-los de que ninguém, em

qualquer parte do mundo, está deserdado e sem o amparo de Deus. Porém, os que mais recebem amparo são os que se colocam em condições de recebê-lo.

Há alguns anos, uma equipe deste hospital desceu até o "vale do desespero" e os trouxe aqui para prepará-los com a finalidade de os conduzir a novas lutas. Desta vez, uma nova equipe de técnicos descerá à Terra levando-os a novos renascimentos. Espero, de coração, que cada um de vocês se mantenha com o firme propósito de trabalhar e vencer.

Encontrarão, por certo, inúmeras dificuldades; porém, as dificuldades são testes apropriados a cada ser na Terra para avaliar o aproveitamento do aprendizado. Nas horas mais difíceis, não se entreguem ao desânimo, nem ao pessimismo. Cada um de vocês sentiu na pele o aguilhão da dor, oriunda da consciência culpada. O remorso é indício de melhora, mas não corrige o erro. O coração puro e a consciência sem máculas são vitórias alcançadas pelos que trabalham, que amam e servem em nome de Jesus.

E para terminar as nossas humildes palavras, gostaríamos de orar ao Criador do Universo, rogando bênçãos, paz e luz em todos os caminhos:

Nosso Deus, Pai de Amor e Bondade!

Dentre as criaturas da Terra, somos os filhos agraciados por tantas bênçãos, mas tão somente pela vossa bondade e não por nossos méritos.

Estamos ainda na condição daquele amontoado de argila, esperando que as Vossas mãos nos transformem em simples tijolos a fim de se construir o mundo feliz com que sonhamos.

Somos como o pequeno filete d'água sem condições de dessedentar aos que nos procuram, porém, estamos dispostos a unir as nossas águas ao pequeno regato, a fim de atingirmos o grande mar da vida e beneficiar a todos.

Não permitas, Senhor, que sejamos inconsequentes, fugindo do caminho na hora de ajudar... Se ainda não conseguimos ser como o Bom Samaritano, que pelo menos estejamos no caminho do bem.

Se ainda não estamos percorrendo integralmente o caminho traçado por Vosso Amado Filho, que possamos estar em qualquer caminho, mas sempre ajudando aos que mais sofrem.

Se ainda não temos pleno conhecimento da verdade, que possamos pelo menos estar a sua procura.

E, se ainda não conseguimos entender a morte como reveladora da verdadeira vida, que pelo menos possamos, um dia, Senhor, morrer sob a Vossa Divina Paz!

Que assim seja, Senhor!

No ano de 1963, Francisco Cândido Xavier ofereceu a um grupo de voluntários, o entusiasmo e a tarefa de fundarem um Anuário Espírita. Nascia, então, o Instituto de Difusão Espírita, cujo nome e sigla foram também sugeridos por ele.

A partir daí, muitos títulos foram sendo editados e o Instituto de Difusão Espírita, entidade assistencial, sem fins lucrativos, se mantém fiel à sua finalidade de divulgar a Doutrina Espírita através da IDE Editora, tendo como foco principal, as Obras Básicas da Codificação, sempre a preços populares, além dos seus mais de 200 títulos em português e espanhol, muitos psicografados por Chico Xavier

O Instituto de Difusão Espírita, conta, também, com outras frentes de trabalho, voltadas à assistência e promoção social, como o Albergue Noturno, evangelização, alfabetização, orientação para mães e gestantes, oficinas de enxovais para recém-nascidos, entrega de leite em pó, vestuário e cestas básicas, assistência médica, farmacêutica, odontológica, tudo gratuitamente.

Este e outros livros da **IDE Editora**, subsidiam a manutenção do baixíssimo preço das **Obras Básicas**, de Allan Kardec, mais notadamente, **"O Evangelho Segundo o Espiritismo"**, edição econômica.

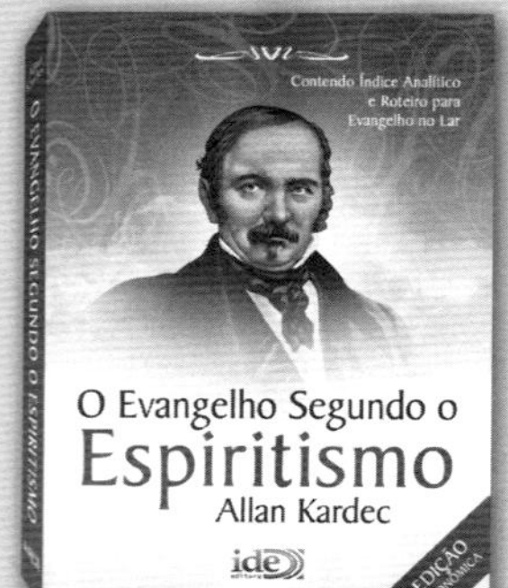

Algumas publicações

O Evangelho Segundo o Espiritismo
Allan Kardec

Esta obra define a essência religiosa da Doutrina Espírita, como sendo a do Cristianismo Redivivo, restaurado pela interpretação que os Espíritos deram aos textos evangélicos.

Ela mostra o poder do amai-vos uns aos outros nas mais diversas situações da vida, quando deixamos o nosso amor fraterno guiar a nossa mente e o nosso coração, as nossas mãos e os nossos passos, para que tudo se equilibre ao nosso redor.

É um livro de consolações e de orientações seguras que os Espíritos nos legaram como apoio e roteiro de nossa vida.

No final desta obra, há um Índice Analítico dos Assuntos, reunindo, em ordem alfabética, todos os verbetes que podem interessar aos estudiosos.

Allan Kardec, quando redigiu seus livros, escreveu para o povo, em linguagem simples, e, sendo esta uma tradução literal, a linguagem simples original ficou preservada.

ISBN: 978-85-7341-383-3 | ***Obras Básicas***
Páginas: 288 | **Formato:** 13,5 x 18,5 cm

O Livro dos Espíritos

Allan Kardec

Na forma de perguntas e respostas, os Espíritos explicaram tudo o que a Humanidade estava preparada para receber e compreender, esclarecendo-a quanto aos eternos enigmas de sabermos de onde viemos, por que aqui estamos, e para onde vamos, facilitando, assim, ao homem, a compreensão dos mais difíceis problemas que o envolvem.

Todas essas explicações estão contidas neste livro.

No final desta obra, há um Índice Analítico dos Assuntos, reunindo, em ordem alfabética, todos os verbetes que podem interessar aos estudiosos.

Allan Kardec, quando redigiu seus livros, escreveu para o povo, em linguagem simples, e, sendo esta uma tradução literal, a linguagem simples original ficou preservada.

ISBN: 978-85-7341-385-4 | ***Obras Básicas***
Páginas: 352 | **Formato:** 13,5 x 18,5 cm

LEIAKARDEC

ENTREVISTAS

Encontros no Tempo
Chico Xavier \ Emmanuel
Hércio Marcos C. Arantes

Entrevistas com o médium Chico Xavier

Alguns dos assuntos abordados:

- Sofrimento
- Evolução
- A Medicina e a Fé
- André Luiz
- Infância e Juventude
- Tarefa dos Espíritas
- Perseverança Mediúnica
- Divulgação Doutrinária
- Direitos Autorais

ISBN: 85-7341-332-8 | ***Entrevistas***
Páginas: 192 | **Formato:** 14 x 21 cm

Entrevistas
Chico Xavier \ Emmanuel

Entrevistas com o médium Chico Xavier

Alguns dos assuntos abordados:

- Mediunidade
- Espíritos Sofredores
- Suicídio
- Transplantes
- Doação de Órgãos
- Desdobramentos
- Sexo e Família
- Aborto

ISBN: 85-7341-335-2 | ***Entrevistas***
Páginas: 192 | **Formato:** 14 x 21 cm

ROMANCES

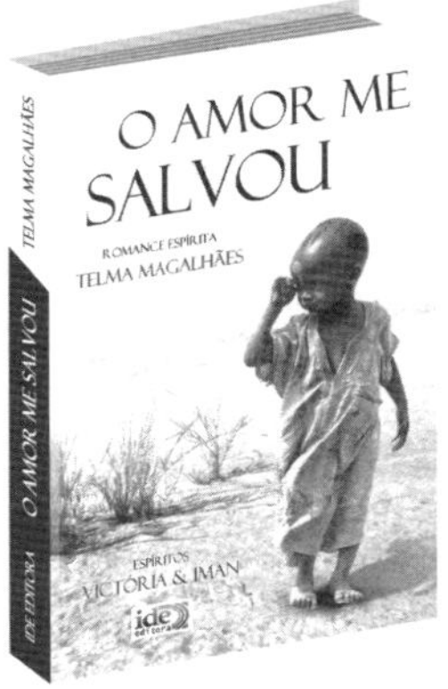

O Amor me Salvou
Telma Magalhães,
por Victória & Iman

Um súdito de Pilatos e uma linda jovem de cabelos longos e cacheados. Um equivocado amor, o sentimento de rejeição, o orgulho ferido levando às raias da dor. Ódio e amor lado a lado.

De profundas feridas nos tempos da Roma antiga até a redenção no fim do século XX, em Serra Leoa. A travessia de duas almas pelo árduo caminho da renovação interior. Uma em busca de perdão e a outra de entendimento sobre o verdadeiro amor.

Uma comovente história que nos faz refletir que, sem seguir os passos de Jesus, nada nos é possível, pois somente através da renúncia, do despojar de nossas imperfeições morais e pela fé na infinita misericórdia de Deus, é que alcançaremos a verdadeira e tão almejada felicidade.

ISBN: 978-85-7341-502-5 | ***Romance***
Páginas: 288 | **Formato:** 14 x 21 cm

Flores Púrpuras da Redenção
Lourdes Carolina Gagete

Diante da necessidade de apredizado e reparação de erros cometidos em anterior existência, duas almas, ainda na colônia espiritual que os acolhera, se preparam, deliberadamente, para uma nova existência.

E na vivência dos compromissos assumidos, encontramos Alejandro, Espírito mais sensível, que compreende com serenidade os enfrentamentos diários. Já Carina, por seu temperamento mais forte, sente dificuldade de compreensão e questiona a Providência Divina.

O início desta união, apenas estaria intensificando os laços reparadores para ambos, comprometidos com as chagas de um passado, fazendo brotar tempos depois, quais flores púrpuras, as marcas da hanseníase, a lhes obstruir seus sonhos presentes.

Flores Púrpuras da Redenção é um romance envolvente e esclarecedor, entremeado de flashes relativos à vida pregressa dos principais envolvidos.

ISBN: 978-85-7341-488-2 | ***Romance***
Páginas: 320 | **Formato:** 14 x 21 cm

MENSAGENS / CARTAS

Rumo às Estrelas

Divaldo Franco,
por Espíritos Diversos

"Por ser o Espiritismo a grande terapia preventiva e curadora para os seres, cremos que estas páginas poderão, de alguma forma, contribuir em favor do esclarecimento íntimo de quem as leia, oferecendo-lhe uma visão tão correta como oportuna da realidade, impulsionando avanço no rumo do progresso e da paz."
Joanna de Ângelis.

ISBN: 978-85-7341-516-2 | ***Mensagens***
Páginas: 256 | **Formato:** 14 x 21 cm

Retornaram Contando

Chico Xavier e
Hércio M. C. Arantes
por Espíritos Diversos

Muitos companheiros do Plano Físico nos solicitam colaboração para que se lhes forme ou se lhes consolide a fé na sobrevivência, além da morte.

São pais amorosos que tateiam chorando a lousa que lhes guarda as últimas lembranças dos filhos queridos; amigos desnorteados pelo sofrimento, ante a perda de esposas inolvidáveis; ateus, dignos de apreço pela respeitabilidade com que pautam a própria vida, a perguntarem se é verdade que ressurgirão da morte os entes amados que os antecederam na Grande Mudança; criaturas doentes e tristes que rogam apoio à fé vacilante com que se reconhecem à frente da morte próxima...

Com estas breves elucidações, colocamoste nas mãos as páginas deste livro simples e comovente, com o desejo de sermos úteis aos companheiros que ficaram na Terra.
Emmanuel

ISBN: 978-85-7341-529-2 | ***Cartas***
Páginas: 160 | **Formato:** 14 x 21 cm